ここすぎて 水の径

石牟礼道子

弦書房

ここすぎて　水の径　目次

〔装丁・カバー装画〕水崎真奈美
〔扉および本文中の写真〕山本達雄

ここすぎて　水の径

春の雪

カーテンを開ける。雪が舞っている。

やあ雪、雪、と何度も声が出る。ここ幾年もちゃんと降らなかった。

盛りをすぎた紅梅の枝が、みだれ降る雪の間にみえる。もう匂いも失せかけていたのである。水仙の花頂がゆらいでいる。風が下蔭にまわったのだ。

今年も冬の影はちらりとほの見えたばかり。景色も気持もりんとしないまま、忘れ物をしたような春がくるのかと思っていた。

なにを忘れたのだろう。思い出そうとつとめる。

それにしても霏々と降る雪だ。そうだった、この霏々という感じをすっかり忘れていたのだった。春の雪しかこういう感じにならない。すべての感慨や断念をこめて冬を送り、春を迎える祭礼のような牡丹雪。

見ているうちに、雪は記憶の中にまざりあい、その奥からとある情景があらわれる。むかしむかしの景色とおもう。いや、景色より先に小川の流れる音が耳にきた。

雪をかむった山裾の夜景だ。ゆるやかに蛇行する小川にそって径が続いている。畠の脇の木蔭に、ぽつぽつ灯る民家の明り。雪は小やみになって、音という音はやわらかく積んだ雪に吸収されて、あたりはしんとしているが、山の気配はかえって近々と感ぜられる。道にそって流れる水の音が、つかず離れずついてくる。

あれは何の木だったろう。幹の片側に雪をまとった大きな木が立っていて、それをまわりこんだあたりで、だしぬけに馬のあくびを吹きかけられたのだ。跳びあがるほどびっくりさせられた。生暖かい息が耳にふわーっときたばかりでなく、小屋の天井にむけて真一文字にあけたその口から洩れたあくびの匂いが、大木の根元をまわりこんだこちらの全身をくるみこんでしまったのだ。一瞬、野蚕のさなぎになったような気持だった。

わたしは四つか五つ。さてしかし、何代前のわたしであったろう。

すっぽりと握りしめていた母の熱い掌を思い出す。

「おう、びっくりした。馬小屋じゃったねえ」

わたしは、馬の目尻に溜まった泪を見た気がした。どうやってあの大きな泪を拭うのだろう。母の手がぐいっと引っぱりなおす。

「はよゆこ、凍え死ぬ」

きしきしと足のうらが雪を踏んだ。はじめその音が珍らしかったが、逃げもかくれもできないような、新しすぎてこなれないような足音が頭にひびき、躰がだんだん氷の柱になってゆくような気がしていた。

「ねむるなばい」

つないだ手を振って母がいう。そして顔をのぞきこむ。

「ねむれば、連れに来らすとよ」

「誰が」

すると、自分もこわくなったのか、躰をかがめてきて、耳元に言った。

「こっち来え、こっち来えち、聞ゆっど」

目をこらすと、雪をかぶった川辺の藪かげから、葭の残り穂がさし出ていて、手のような影にみえる。

「ぐるりの方にゆくまいぞ、え」

川のあのひとたちの手ぇかもしれんと思う。骨になって雪をかむって、おいでおいでをしている。そんなふうに見えるのは、時々月が出るからだった。骨の影を包むようにしながら、薄く積もった雪がちりちり光り、吹き散っている。

「ねむっちゃおらんと。雪穴ぞ、ほらこっち」

ほんとうに、歩きながら睡っていたのかもしれない。

「踏みほがすなや。下は川じゃけん、ほらっ」

手の影はあとからあとから、いくつも出て来た。そして雪が散った。雪の道が冷たいので、谿川の音が暖かく聞こえる。

こっち来えとは川がいうのか。長い長い小川が、大蛇のようにゆっくり動いて、雪をふわふわ振りこぼしながら、手をつないでゆく母とわたしを、じゅわあっと抱きに来たらどうしよう。ひしと身を寄せてひっぱられてゆく。

しばらく行って、母の足が逡巡するように、二、三歩歩いて立ち止った。土橋の上だった。

「ここいらが、道の境じゃな……。うん、こっちのもとの川ば頼みにしてゆけば、迷いはせん」

橋をくぐる小さな枝川にも道が寄りそって、辻になっている。緊張をためこんだようなその声から、道の境というものが危険にみちた所におもえた。

道の縁には雪穴がどこかにほげていて、通る者を待っているというけれども、睡りこまないで川を頼みにしてゆけば、家に帰れる。

「なあ家は」まだかと言いかけたとたん足がまろび、尻餅をついた。

「泣くなっ、おっ盗らるっ」

低く押し殺した声がおっかぶさってきたので、出かかった声が引っこんだ。道の境の魔物におっ盗られる、と思ったのである。かがみこんだ母とおでこがぶつかり合った。

あいたあ、と小さく息を吐きながら、指に唾をつけて私のおでこを撫でた。

「やっぱ油断ならん」

引き起こしてあたりをすかし見る様子だったが、あらっと悦ばしげに腰をあげた。

「ああお地蔵さま、お地蔵さまのおらす。椿の下じゃ。やっぱりここじゃった」

椿は雪の大伽藍だった。

地蔵さまはその奥にいらしたのか。またひとつその奥に、睡りの国があったようにおもえる。そこから先へゆく道は、たぶん前世へ続く道だったかもしれない。白くかすんでくる辻の左であったか、右であったか。ざざざーっと竹叢の梢から雪のすべり落ちる音が聞こえる。

記憶の中にはいりこんで出てこれない私の耳に、あちらの川こちらの川の竹叢の梢が、ざざー、ざざーっと雪をこぼす音がする。ぱあんと幹の立ち割れるのもある。灯りを消して夜具をひきあげながら、村の年寄たちがおもう。

「だいぶ積んだばいな。よかよか、麦のためにゃあ、雪もよか」

竹の梢はさやさやと身軽になって、夜空の闇にすっと溶け入ってしまう。その下を暗い水がやすまずに流れている。その川面をかげろうたちに先がけて、春の雪が夜中じゅう舞っている。

母の頬と掌の感じをわたしはまざまざと思い出す。やわらかいその声を。

「あのな、こういう雪の晩にな、津蟹どんが、ゆっつら、ゆっつら、川上りをしなはるげなばい」

「何しに、ゆかすと」

「あんな、水汲みに。水配りに、水たんご担うて。ゆっつら、ゆっつら」

「どこどこに」

「田んぼの背戸やら、家の背戸に」

「重かろなあ、水たんごの」

「重かろう。それで、爪のうんとあるじゃろう、滑らんごつ」

津蟹たちが水の底をゆっつらゆっつら沢へむかってのぼってゆく。人びとは夢の中をどこまで往っていることか。

この世の絶ちきれない花綵のように、深夜しずかに春の雪が舞う。

（一九九三年四月一日）

地の底の青い川

阿蘇外輪の一角、俵山のあたりから熊本の市街を俯瞰する方角に、高遊原《たかゆうばる》と呼ばれる丘陵地帯がある。水のすくない広い台地で、米のできない所といわれていたが、二十数年前に空港ができた。

高遊原とは気品のある地名である。熊本では原をばると発音する。たとえば田原《たばる》坂とか託《たく》摩原《まばる》とか。

空港ができる以前、地名にひかれて、ここらあたりの野面をタクシーで往ったり来たりしたことがあった。

「ここの台地ば、南北と東西に走れちですか。なあんも名所はなかですよ。畑ばっかりで」

その畑を見てみたいとわたしは言った。

「はあ、農協の方ですか」

運転手さんは首をひねった。

ゆけどもゆけども玉蜀黍《とうもろこし》や粟の畑で、箱庭のような水俣の景色を見なれた目には、途方もなく広大な耕地にみえた。

はるかないにしえ、大阿蘇のあたりから神々が遊びにおりてきて、台地のぐるりから上ってくる人たちと一緒に神遊びをしていた所に思えた。その頃、人びとの心は今よりひろやかで気高く、祀ることと遊ぶことはばらばらではなかったにちがいない。

玉蜀黍や粟のほかに、落花生や甘藷も作ってあった。里芋も多いが、その広い葉は雨を欲しがっているのがわかる。やわらかな曲線の起伏が続く。おりしも旱天で、車に乗ってゆくのに砂塵が舞い上る。まだ道は舗装されていなかった。畑地の土手のくぼみに車を停めて、運転手さんもわたしも外に出て、汗を拭いた。

「広かでっしょ。飛行場の来るちゅう話のあっとですよ」

運転手さんは言った。

「玉蜀黍畑ばっかり。なあんもなかところですもんな、飛行場なっと来にゃ」

「飛行場の来れば、なんかよかことのありますか」

「そりゃああた、なんなりとあるですよ、東京から来るとですけん」

反対している人たちがいると言って、彼はつけ加えた。

いる。

「値段上げるための時間稼ぎですがな」

しばらく走って、また車が停った。運転手さんの声と表情が、にわかに生き生きとなっている。

「ちょっとお客さん、出てみなはりまっせ」

その直前からまわりの様子がちがうのにわたしは気づいていた。緑の色もみずみずしい稲田がひところ際立っているではないか。今年はいつにない旱《ひで》り年で、それでなくとも高遊原台地の地質はザルのようになっていて、雨が降っても水は地下に潜りこみ、西の方の村へ行ってしまう。野稲なんぞ作っても割に合わないのだと聞いたばっかりだった。わが目を疑う感じがして声が出た。

「あらあ、りっぱな稲」

なんだかわたしはどぎまぎして、稲をもっと早く発見しなかったのがうかつだったという想いにかられた。運転手さんは黄ばんだシャツの胸をはだけ、溶けてなくなりそうな笑みを浮かべながら、愛車を抱くように身をもたせかけた。

「よか稲でっしょ、はあ」

「やあびっくり、玉蜀黍畑ばっかり見とりましたもので。またどうして。川の来とるとでしょうか」

わたしは見渡した。それらしいものは見えない。彼は非常にゆとりありげな、自信に満ちた声音になった。

「川は川ばってん、地の底の川の来とります」

そして幾度もうなづいてみせた。

「去年からボーリングばしてみた訳ですよ。そしたら水が噴きあがってですねえ。みんな喜んで見に来たですよ。その噴きあがるとば」

彼はいかにも親しみをこめて田の面《も》を見廻した。畔から溢れた水が車の下の地面をちょろちょろ通り、草藪の溝に流れ入っていた。土埃りの中を来て、水に湿った草や地面を見るのは、心うるおう眺めだった。

「水ちゅうもんは、偉大な力を持っとるですなあ。この旱《ひで》りにですよ、こぎゃん勢いのよか稲の出来《でく》っとですもんねえ」

「はあ、まあ見事ですこと。タクシー屋さんしながら、田んぼをなさるんですか。楽しみですねえ」

彼はびっくりした表情になり、車から身を離して、いそいで手を振った。

「いんえェ。うちの田んぼじゃありまっせん。よその田んぼです」

「はあ、よそさまの」

「はいっ。よそさまの田です。お客さんの、あんまり田や畑に興味のあんなさるようじゃし、どこにご案内しようかと考えて、あったあったと思いついてですね。しかし、暇なとき一人でよう見に来るとですよ。この旱《ひで》りにですなあ、こんこん水の湧いて、稲の育つのを見ると嬉しかですよ、よその田んぼでも。生き返るちゅうか、まあ儂《わし》ゃ、ひときれの田も持たんですが」

ほんとうにそよそよという感じで、穂胎みしたばかりの稲に風が吹いていた。

田んぼを見に来るのはこの人ばかりではないという。高遊原界隈の村落では、ボーリングした水で稲が育ちつつあるというのが夏の話題になった。六十メートルくらい掘ったら水が勢いよく噴きあがってきた。わが目で見てみたいというので、歩いて見にゆく人もいたが、タクシー屋さんたちは車があるから、暇を見つけては出かけ、逢う人ごとに報告したというのである。

まわりを見渡してみた。遠くに森や林が見えるばかり、家とてもなく、野中の一点のここだけ緑の色が盛り上っていた。

「事件もなあんもなか所ですけん、会社の詰所でも、飽きもせずその話ばっかりで、仲間が言うとですよね。世界は広か、地球は丸かちゅうが、よう言い当てとる。地の底をどんどん掘ってゆけば、ブラジルに突き当るちな。しかし、地の底の川に突き当るちゅうは、知らんじゃったぞち」

この人たちは水脈とは云わない。知っているのだろうけれども地の底の川と思いたいのだ。いい様もなく感動していると、真顔で尋ねられた。

「ああた、どげん思いますか。地の底の川は、やっぱ青かち、思いますか」

わたしは返答に窮した。

「いやあ、じつはそれが論議になりよるとですよ、詰所で」

どんな詰所だろうか。お客を待っている間、五、六人の男たちがそんなに広くもない部屋の古畳に帽子を脱いで、ボタンを外し、爪楊子を使ったり、肘枕なんかで寝そべりながら、地の底を流れる川は青いか否かを論議する。アクの強い人も混って、どこどこのナニ子ちゃんや、後家さんの噂なんかもするにちがいないけれど、なんと上等の民話世界だろう。よそさまの田んぼの出現を喜んで毎日見物にゆくなんて、神さまの嘉し給う村があるとすれば、こういう人びとのいる村かもしれない。

ボーリング機械の尖端から噴出する水の勢いについて、地圧がどれほどで、サイフォンの原理が働いてなどと、かねて考えてみたこともないことが頭の片隅に兆しかけたが、たちまちわからなくなった。

「青か川ですねえ。はあ、わたしも、青か川の、地の底に流れよると思いたいですねえ」

「いやあお客さん。連れてきた甲斐があった。やっぱりそげん思いなはるか。いやあ、詰所のもんが喜ぶですよ。どこか大学の先生にでも尋ねてみれば、訳のわかるじゃろうといいよるんですがねえ。なかなか尋ねにゆかんです。

ひょっとして、馬鹿んごたる事ば、云いよるかもしれんですしなあ」

（一九九三年六月一日）

おけらは水の祭

出水の時期である。小さいとき聞いた半鐘の音を思い出す。

男の人たちが半纏のようなのをひっかぶって、篠つく雨の中を走り出していた。道路は赤濁りした川になっている。家の裏手を見れば、見なれた田んぼの景色がすっかり面変りして、草一本みえない一面の海になっている。子ども心にも、ほうおと思わせる眺めだったが、大人たちの表情と早鐘の音を聞けば、ただならぬ様子は察せられた。

いつもは縦横にうねった畦や草道や小川が入り組んだ田園である。歩けば露に湿った草が足首にまといつき、用心しいしいゆかないと、いたるところで蛙やおけらを踏んづけそうだったが、楽しいこともある草生が、すっかり水の下になっている。わずかにさし出た稲の葉先が濁った水面に出ている一隅に、小さな渦がみえた。

おけらが二匹、ゆっくりと渦に吸いこまれて行ってはその中心に沈みこむ。ああと思って見ているところ、ほかのところからまた浮きあがってくる。浮きあがるときはべつべつに離れて、小さな手足をせわしなく動かしたり、あるいはぱたっと休めて、ああもうくたびれたとでもいうように、ただ浮いているだけのときもあった。

親子だろうか、交《つが》いだろうか、渦といっしょに遊んでいたのだろうか。ふだんは草や作物の根本にいる虫である。泥遊びをしていると掌のはしがもぞもぞとして、三センチくらいなのが、ふいに泥の中から走り出してくる。躰にくらべて頭が大きく、その頭を振り振り出てくる様子が、ほかの虫にくらべていかにも愛嬌がある。おもわずきゃあと喜んで、兎跳びになって追いかけた。

おけらは幼児の手にもよくつかまった。第一この虫は噛みつかない。両手を籠にしてぱっとかぶせると、草の根の下にいるのがうまく掌の中にはいった。土龍《もぐら》のように土の中にトンネルを掘っているのだが、逃げるとき、全身でいやいやをして、首や手足を動かすので愛らしく、遊びの相手になによりよかった。

水に浮いているおけらは、見えない生毛にくるまれているのか、海のような大水の中を泳ぎまわっているのに、躰は少しも濡れていないようにみえた。

神さまがおけらをつくられたとき、「可愛らしいのが出来たなあ。よしよし、いつ水が出るかわからん田んぼに棲むものたちじゃから、水に溺れんよう、躰中にうき袋のようなのをば、つけてやりまっしょ」と思って、水に浮くようになさったかと、幼児のわたしには思われて、大水の畦道の水際から見下していたものだ。

早鐘が鳴る。渦はどんどんまわる。おけらたちはあっちの渦、こっちの渦に浮き上がってくる。バッタやウンカやみみずや、田の蟹や土龍や蝶になる青虫などは、もうどんどん流されるか溺れるかして、沖の方に往ってしまったろう。稲が沈んだあと、土の中からおけらが出てこれたのは、息のつき方が上手で、水にながく潜れたからかもしれなかった。早鐘のリズムに合わせるように泥水の渦が動き、その動きを指揮してでもいるかのように、ちっちゃなおけらたちは少しも濡れずに渦を出たりはいったりしているのだった。いったい、どれくらいの数のおけらがこの大水の中を泳いでいることだろう。

それゆけカンカン

それゆけカンカン

カンカンカーン、カンカンカーン

と鐘が鳴る。

男の人たちが走ってゆく。いつもは見えない小さな川、大きな川があっちでもこっちでも流れ出す。

カンカンカーン、カンカンカーン

「こらあ、そこの子、何ばしとるか。はよ来んか。なんちゅう馬鹿か、どこん子か、危なかぞう」

大声が飛んできて、わたしは消防団の小父さんに、ほとんどわし摑みにされんばかりにひっ抱えられ、横抱きにされたまま、雨の畦道を宙を飛ぶようにして連れ帰られた。なんだか空を飛んでゆくような感じでもあった。いつもとはまるでちがう海のような田んぼは、見ものであったし。

なにがなんだか、とても心配で、胸の中にも早鐘が鳴っていた。横抱きにされて走る間、雨を呑み、髪はぐっしょり濡れていた。手をさしのばしたり、厚味のある暗い空を見上げたりした。そして空の奥から、人間の心配事や、なんかどっと押し流してしまうような、一種心地よい天の裁断のようなのがやってくる気がした。あの水に濡れない小さなおけらたちは、大地の小さな穴にもぐってこの日を待っていたように思えた。

水が引いて、泥をかぶった田がむざんにあらわれる。わたしの家をはじめ、町内に農家はなかった。ひと筋だけである通りの裏手が田んぼだったが、町の人たちは旱りや出水の時の田をわが事のように心配した。吐息をつきながらも大人たちは出来ることからやり始める。女たちが先ず洗濯物を抱えて水俣川のふた股に分れている河原に出た。流れの曲り目で、ほどのよい石がそこに集まっているのである。

川の洗濯には揉み石というのがなければならない。流れにつけた洗濯物を平らな石に乗せ、まず両手で押し揉みをする。それから片手で端を押えながら、空いた手で布を引き伸ばして石鹸をつける。石があまりにでこぼこしていてははなはだやりにくい。よい石を見つけるともう、洗い物は仕上ったも同じで、いそいそと仕事がはかどった。

梅雨の上りごろで、川辺の草のおおかたは泥流に押し倒されているが、おいおい濁りもとれて乳を薄めたような色になった水が、ゆたかに溢れている中に、女たちの手足やたすき掛けの背中が踊っていた。

町筋の道路に流れこんだあの泥流はどこから来たのだったろう。洗濯場への途中に土嚢が積んであった。

「ま、ま、まあ、危なかったばいなあ」

洗濯物を茶摘み籠や八代女籠に入れて天秤棒で担いだ女たちは、そろそろと河原にかけられた仮梯子を下りる。

「まあほんとに、あの早鐘はただごとじゃなかった。土手の切れずによかったなぁ」

「ここが切れれば、うちあたりはまっぽしじゃった」

「火事ならばきれいに残らんちゅうが、出水は大ごつ。蒲団もなんも雨洩りして、このまあ、蒲団の、ああ重さ、重さ」

藍の大きな絣柄の蒲団を幾枚も重ねて持って来ている人もいる。

「綿も千切って洗わんと、もう梅雨どきには匂いますもん」

子どもらの寝小便のことだなと、わたしは思って聴いていた。二、三日前のあの汚い水はどこに往ったろう。

洗濯をしているすぐ先の方では、牛や馬が川にはいって、躰を洗ってもらっていた。洗ってやる人が親しげに声をかけているが聞きとれない。陽の光が洗われている馬を照らし出し、尻尾を高々と振りあげる度に飛沫が美しかった。

「馬ちゅうもんはな、位の高か生き物ぞ」

耳元で父がいう。父は海老採りのサデ網を持ってきていた。岸辺寄りの草木の陰に、川海老や鰻が水に酔って避難しているというのである。上流の方から女たちの声があがった。

「ああ、漬物樽の流れたあ、取って下はる」

笑い声が起き、二、三人が樽をつかまえに深みにはいってゆく。どんぶりこどんぶりこというように樽は流れてきた。その手前をおけらが一匹横切ってゆく。

「あら、あらあら」

とわたしは声をあげた。

「一昨日はなあ、牛の流れてゆきよったちよ」

と誰かが言った。

（一九九三年八月一日）

湖

草のしげる湖のほとりを歩く。

海の向う、普賢岳の真上あたり、横に分厚くたなびいた黒雲がある。赤く大きくなったお陽さまがその雲にはいりこんだと思ったが、葭の間から水の表をみていたあい間に、たちまち山の向うに没してしまった。

やっぱり秋の日暮れだと思ってみていると、姿の見えぬお陽さまから、刷毛で刷きあげたような淡い陽の箭が幾筋か、黒くて横に長い雲の底辺を縁飾りしながらほのかに浮き出しているのだった。

やがて、夕暮れの残像を宿した天空の壺が、黒い雲の蓋をしめられてふっと消えてゆくように、彼方の淡い光は夕闇に溶かしこまれ、わたしはにわかに足許がおぼつかなくなった。ふわふわと浮くような感じになって草の上を歩く。

気がつけば虫の声がひときわ高い。
四、五日前まで岸辺や中洲の葭むらに、燕の大群が夕暮れの空もかすむほどに飛来し、葦竹の葉の一枚一枚に鈴なりに止って歓びの声をあげ、りんりんと大合唱の輪が湖面いっぱいに幾重にも広がっているのが壮観だった。あれはどういう意味の集団行動だったのだろう。お医者さまに言われて、湖のぐるりを歩くようになってからの大発見だった。
夕陽の残照がすっかり消えて夜に入る直前、行き交う人の顔も定かならぬような時刻にそれが始まるのだった。たぶん、ああいうような夕暮れどきの暗さをかわたれどきというのだろう。燕たちはよくもお互いにぶつかったり、地面や人の肩に激突しないものだと思わせるほどの密度をもって飛び交い、羽音をさせながら、水辺にむかってしなっている葦竹の葉一枚一枚にびっしりと止まったり、いっせいに飛び立ったり発着を繰り返す。

野中めいた道を歩いていて薄暗くなり、ふと、あ、あの時刻だと立ち止るような気持で待っていると、案の定、そここの草むらから、大きな蝶と見まがうような飛び方で、ひばりが暗くなる空に上り始める。ほとんど同時に、ゆるやかなひばりの飛行のあいまをかいくぐりながら、数知れない燕たちの飛翔が始まるのである。

目の弱いわたしにはそこまで見えないが、散歩の連れの人のいうのによれば、空の奥の方まで黒胡麻を振ったように入り乱れて飛んでいるという。街の方からも、ひきもきらず燕の群れが湖めざして飛来してくる。

夜になると見えない目のことを鳥目と言うけれど、あんな小さな目をしていながら、暗くなった地面によくも激突しないものだ。わたしの足許すれすれのところまで降りて来ては、しなやかに上昇してゆくのが幾羽もいるのであった。暗い空がかぎりなく広大に感ぜられた。

彼らは何のために特定のこの時刻に湖に集まるのかと考えてみるのだが、わかるはずもない。何千、いや何万羽かもしれない。呼び交わす声に聴き入っていると、よろこびを表現しているように思える。汀につづく葦竹のしげみが、水の面へ向けてしないながら慄えているのが見てとれる。一茎に十羽以上の燕が止まっているのではないか。湖面も岸辺も見分けがつかなくなるまで鳴き交わして、そのうちあの壮大だった啼き声はぴたっと止んでしまう。

それが四、五日前まで続いていた。しばらく散歩に行けなかった間に、燕は南へ帰ってしまったらしい。かわりに秋の虫たちが鳴き始めた。水辺の波がひたひたと足許近く寄っているのがわずかにわかる。満潮の時刻かもしれない。

湖には干満はないものだと長い間思っていたところ、この湖のほとりにある下水道浄化施設に勤める友人から、おどろくべきことを聞いた。

湖は、水前寺の湧泉を源流とする加勢川がふくらんだ部分で、その加勢川は川尻あたりで緑川と合流している。河口から湖までの距離は十八キロあるのだそうだ。友人の話では、釣り好きの同僚がいつも、湖が狭まって川となる所の橋下の水位を計っていて、海が満潮のときは湖の水位も上るのを確かめているとのことである。

川口育ちのわたしは、満潮に乗ったスズキやチヌやボラが、川口から五、六百米ほど上流までのぼってゆくのを知ってはいたが、十八キロも先の海の干満がこの湖にまで影響を及ぼすとは、つゆ思わなかったのである。

そのことを聞いてからというもの、岸辺に立つたびに、湖の生理というものが、なまなましく感ぜられるようになった。河口の外は有明海である。

夕暮れの色を消しながらふくらみつつある湖面すれすれにも燕たちが乱舞しているという。向う岸はもう見えないけれども、丈高く生い茂る汀の葭や葦むらに、夕闇の空気をふるわせて飛び立ったり止まったりをくり返す鳥たちの大群に囲まれていると、生命たちの祝祭がはじまったという気分になってくるのであった。

これらはみな、カップルたちとその家族たち、いとこやはとこ、親類縁者たち、燕部族というのか、その大集団なのであった。

それにしても夕刻の限られたこの時間、限られたこの場所をめざしてやってくるとは、鳥たちにいかなる情報伝達の手段があって、

「ゆこう、ゆこう、江津湖だ、江津湖だ。ゆくぞゆくぞ」

となるのであろう。

不思議な短いにぎわいの時間がすぎ去って、湖はすっかり静寂をとり戻す。いやいや静寂というと少しちがうかもしれない。

水は暗く、鳥たちの声が終ったあとから、ひたひたと生命の満ちてゆく気配があたり一帯に立ちこめているのがわかる。音のない車の灯が、まるで不知火のように向う岸を走ってゆく。その灯が湖面に映っては消える。

月が出たと思って空を見あげた。たしか湖面の真中ほどの島かげに、ゆらゆら十三夜ばかりのお月さまが映り出ていたのだった。おかしいなと思って見上げるが、水の上のお月さまはどこかへ行ってしまい、年とった柳の影が、枝を切られているものだから、ふところ手をしたように立っていた。

わたしはだんだん変な気分になってくる。

この世からお月さまもお陽さまも姿を消してしまう刻がいつか来るのではないか。暗い暗い長い夜がやって来て、水脈だけが夜の底に生きていて、お月さまや太陽のことを覚えていて、今夜のような湖が、空にかかっていない記憶の中のお月さまや、お陽さまのかげを、水の底に映し出すのである。

それをじっと見ていると、逆さの姿になった遠い国の昔の山脈や、馬や、野道や人などが、これも逆さの姿で、首をかしげながら、ぽっつりぽっつり歩いてゆくのであった。

（一九九三年十月一日）

石蕗《つわぶき》の花

山かげの村は夕暮れが早い。

谷の間を這って消える陽の影を追うように、渓流にそった道をバスがゆっくり曲ってゆく。迫を曲るたびに棚田がみえる。刈り取ったばかりの整然とした切り株の根が、バスの前面から後ろの方へ移動してゆく。落ち着いた景色だった。稲の刈り跡のある景色というものは、どういうものかあたりに落ち着きをもたらすものである。ことにもそれが、夕暮れの谷間の村であったときなどに。

棚田は見事な玉石《たまいし》の石垣で出来ていた。いずれもあんまり高くはなくて、歳月を経ているらしいことが見てとれる。石の一つ一つに斑痕のように苔の模様がついているのが遠目にわかる。幾重にも段違いに重なった低い石垣は、山の斜面の中程から部落の中にはいりこんでバス道路のところまで来ているものもある。

谷になだれこむ斜面は、端正な石垣を嵌めこんだために補強されているようにもみえた。あのような斜面にどうやって最初の根石を埋め並べて、石と人間の手の技の美を現出させたのだろう。よほどの石工たちが造りあげたにちがいないと思いかけたけれども、待てよと考えた。

石についた苔の様子からすると、今から五代も六代も前の仕事かと思われる。通潤橋や霊台橋のような名橋の場合は、土地の庄屋たちが生命を賭して村人たちと総がかりで仕上げ、記録も残しているけれども、薩摩県境の小さな湯出川《ゆのつる》ぞいの村落で、石の名工たちをやとってきたとは思えない。

わたしの祖父はこの谷筋に往還路をつくるのに、ここいらの山こばの石垣をみて感動し、「これほどの手を持った村の人びとなら、崖の多い今度の道路工事には、ぜひとも来ていただこう」

と、村の主立つ人たちにお願いに行ったということだ。見るからに堅固で優美な石積みの技術は、いったいどこから伝えられたものだろう。

天草下浦のあたりを中心とする石工の系統がひとつあった。わが家に集まっていた石工さんはみなこの系統だった。

薩摩の有名な石橋を造りに行ったのは八代種山村の岩永三五郎といわれている。造りあげての帰途、殺されたという人吉方面の山道と、湯出川の源流の山道はそんなに離れてはいない。昔の人たちは山歩きに精通していて、足腰もきわめて丈夫であったから、その連れの人たちが、ここいらの村に、崩れない石の積み方を教えたのかもしれないなどと想像してみたりする。

素人考えでも、大石を割って石垣に積むよりも、玉石を山の斜面に積むほうが、崩れそうでむずかしく思えるのである。

いずれにしても昔ここいらの村に、石垣積みの技術を身につけていたか、考え出した人物がいて、一つの畑、一つの水田というふうに出来上り、その人物が教えたのを覚える人がだんだんふえ、やがて見事なこの石垣の連なりになったと考えられる。

畑を持ちたい、野菜の一本でも作りたいという想いが、おカネに乏しかったむかし、いかに痛切であったことか。

以前漁村で聞いた話だけれども、舟の上で暮していた一家がいた。念願かなって陸に上がり、小屋掛けの暮しを始めることができたが、それから何年も経って、もとからの村人が評して言った。

「あそこは土地台帳にもなかとこよ。前は海の上に居って、鳩の尻のごたる処にとり縋って、這いあがったくせに」

言い方の意地の悪さも格別だが、その表現のリアリズムには感心させられる。鳩の尻のような小さな丘が海へ傾き入って、その尻尾あたりのわずかな足場に、上の方からこぼれ落ちてくる土を海に流さぬよう受け止めて、その小さな台場に小屋掛けし、何とか陸にしがみついたという訳である。いったい何年がかりのことであったろう。もとからの住民たちはそれを眺めていて、蹴落しまではしなかったろうが、たぶん積極的に手をのべて、引きあげてもやらなかったのではないか。

谷間の村の棚田を見下し、石垣をふり仰ぐとき、海辺の一家が、風雨のたびに土のこぼれてくるのをどんなに待ったか、あるいはどのようにそれを掻き落して地開きをしたか、その痛切さを想わずにはいられない。

刈り跡の棚田は静寂で美しかった。谷間の村で玉石を川から運びあげ、土が下の方へ流出しないように石垣で囲いこむ。木立ちは深く、適当に間引いて伐り、根を掘りあげたろう。ふかふかのよい腐養土が、充分に蓄えられたことだろう。地形からして、焼き畑耕作の跡地とも考えられる。人びとは後世の者たちが嘆賞する石垣の美をめざして、おびただしい石を運び上げたのではなかったろう。

せっかくの石垣が、土はもとより、ひと握りでも崩れ落ちないよう、充分に工夫したのであったろう。家族と村を養う生命の土地、それを創り出したい一心であったろう。一段、ま

た一段と完成し、下の村、向うべたの家々から見上げて
「はあ、まあ、美しか石垣よ」

と思ったことだろう。美しさということの大切さを、村の人たちは自分の躰で体得したのではないか。つい二、三十年前まで、いやいや今でも、畑を仕上げる人たちは、よそのきれいに仕上った畑や田んぼを褒めていう。

「まあ、おたくの畑の、美しさよ」

そのようなときの人の声音を、バスの上から棚田を見い見い、わたしは思い出していた。谷も田んぼも、バスも、淡い秋の色に彩られていた。山の芋は掘れそうもない急斜面に、黄色い葉をはらはらと綴らせていた。

長雨の年で、桜も銀杏も色もつかないうちに落葉しつつある。ただ櫨の木だけが、折れかがまった姿のまんま、鮮紅色の葉を少しばかり残し、慎ましげな秋をいとなんでいるかにみえる。木という木がなにかしら生色を失っているような中に、ゆく先々の柿の木だけが、ぎっしり実をつけているのが不思議である。

迫々の間に、昏れかけた色がたちこめていた。空と山とに囲まれている谷間の村。バス道路の木の間がくれに溪流がみえ、流れの音がかそかに聞える。水の音は日暮れの村の静寂を語り、散在する家々の慎ましい会話を想わせる。そしてわたしは、ここいらの村のまだ藁屋

根であった時代を、幼い目に灼きつけていて、後年しばしば、岩床に飛沫をあげる水の匂いと、藁の民家を抱いた村のたたずまいを、一種の桃源境のようにじつに鮮明に思い出すのだった。

空はまだ青く、石垣の高いところには陽の色が残っていた。そしてその一角から、小さな光の筋が散っているようにみえた。よくみると石蕗《つわぶき》の花である。夕風が出ているのであろう。石蕗の年齢はたぶん石垣の年齢とたいして違わないであろう。何百年あそこに黄色い花を咲かせて、村を見下していることか。

気がつけば沢のあちこちにも、道のべにも、点々と小さな黄色い花頸がゆれていた。

薩摩の方では、

「石蕗を食べてでも、生んだ子は育てる」

という言い方があったという。往年の間引きに替って、生れた子をコインロッカーに入れたり、病院で堕ろしたりする時代になった。あの黄色い花が、赤児の命に重ねてイメージされることはない。

晩秋にしては暑い夕暮れだった。わたしはうなじにまつわる髪を無意識にかきあげていた。誰かが窓をあけた。落葉まじりの渓川の匂いが、バスの中に流れこんだ。

（一九九三年十二月一日）

炎のまわり

むかしわが家に囲炉裏があった頃、隣り近所の老人たちがよく集まって、ひねもすなにやら楽しげに語りあっていた。

囲炉裏の火は寝る間も種火を埋ずめて、絶やさなかったが、雪の朝などはことに大きな木の株を抱え出して囲炉裏にくべる。直径四十センチほどもある櫨や柏の丸太や椿の根株など、冬のために集めておいた薪を燃やすのである。わが家だけでなく、囲炉裏のある家ではみなそうしていたのだから、日本中のかなりの良材が灰になったわけだが、まだ環境はほどよい循環を保っていたのだろう。

空模様をみて、火の気を強くしなければならない時は、樫だの椿だのの堅木《かたぎ》が使われた。ぱっと早く燃えてしまうやわな木では、家の隅々が暖まりきれないのである。長さ一メートル半くらいの木が囲炉裏に上げられるのは壮観で、牛だか船だかが上りこんできたような趣だった。そんな丸太も、ほかの枝木をそえながら焚き続けて二日もすれば灰になったが、燃えつくまでがおおごとで、炎が安定してくるまでには家の中に煙が充満する。

そんなところへお客や触れ役さんが来ると気の毒だった。戸口を開けるやいなや、もうもうたる煙に見舞われる。なにはともあれ詫びをいう。

「まあまあ、すみませーん。今日はまだ燃えつかんもんで」

はいって来る方は、ごほごほ言いながら顔の前で手を振って、たいていこう言う。

「いいえー、なんのなんの、どこも同じですが。煙もご馳走のうちち、言いますで」

戸口を開けられると、それがよい塩梅の送り風になるときがある。

「あらまあ、ああたのお出でましたけん、よう燃えつきました」

などと喜んでみせたりもする。

丸太を燃やしつけるのはむずかしい。囲炉裏の灰を吹き散らさぬよう、前夜埋ずめておいた燠火を掘り出して、松葉や小柴をその上にのせかけ、火吹き竹を吹き吹き精《しょう》のつよい「火のとき」をつくらねばならない。焚きつけ材はすぐに燃えるが、肝心の丸太にはなかなか焚きつかない。

つくづく想い返されるが、一軒の家の一隅で毎日毎夜、原始的な火を焚いてその火を守り続けていたことは、物事の根本に関わることだった。心を集中し、火種をどう焚きつけるとよい風通しが得られるか、それをまず考える。生まれた火勢が均等に持続するには、薪をどうくべ足してゆけばよいか、天上を見上げながら考えねばならない。火の粉が天井に着いては一大事で、木の質と燃やし方の工夫で、炎の高さが定まった。人々はもの慣れた動作でそれをやっていた。

数年前、仲間たちと山で一夜を過したことがある。火を起した経験の浅い人が多く、年の功でわたしは何十年ぶりかで火起しを手伝った。

幼い頃、火起しがうまくゆかずに、客が来ると、火吹き竹の丸い形を口のまわりにくっつけてものをいう女たちが可愛いかったことを想い出した。

さて、わが家へ集ってくる爺さまたちだが、長い火箸をいつも手にして、囲炉裏をきれいにしてくれる伊兵《いひゅう》さんがいた。昼前から来て、気分が乗ったときには晩飯まで腰が落着くので、この人だけではなかったけれど、焼酎の肴もくさぐさ用意したものである。

伊兵さんは水俣川の上流の人なので、時には川蟹や川海老持参でやって来る。海老のときは竹籠にいれ、跳び出さぬようツルの葉を上にかぶせてあった。濡れたドンゴロスを肩にしょってくるときは、蟹がはいっていた。

海老はさっそく竹串に刺して、火のぐるりに立て並べてゆくが、よい香りが漂って、海老はびくびく動きながらやがて真赤になってゆく。

蟹のときは大鍋が自在鉤にかけられた。水から茹でてゆくので、しばらくひっそりしていた蟹たちがいっせいに動き出す。すると、伊兵爺さまが長い火箸の先で鍋の蓋をぴたっと押さえ、こういうのであった。

「よしよし、よしよし。成仏しろな。今夜はよか晩じゃけんなあ。なまんだぶなまんだぶ」

なまんだがあまりにも神妙なので、爺さまたちはしばらく黙り、咳払いなどして、鍋の泡がぐつぐつ立ってくるまで、掌をかざしたり、囲炉裏の隅に集めた燠の上に焼酎のちょかをすえたりして待っている。

船廻しをしていた老松小父さんは、アメ鳥だの、クサビ魚だの、トコロテンやフノリ草などを持参した。アメ鳥は数えるほどしか来なかったが、あれは鴨だったのかしら。ともかく爺さまたちが、ほうほうと相好を崩して、毛をむしるやら包丁を研ぐやら、裸になった鳥を直火でちょっと焼くやらして、それぞれ料理名人に早替りするのは見物《みもの》だった。爺さまたちが浮き浮きしはじめると、わたしの母も嬉しげに饂飩を打った。

それはよいが、海老やら蟹やらが炎のぐるりに色どりを添え、爺さまたちの酔いがまわってくると、囲炉裏の中がどうしても散らかってくる。そういう時、伊兵さんはやせた躰をゆらゆらさせながら、みんながつい灰の中にこぼしてしまう海老や蟹の殻を火の中にくべたり、殻入れに入れたり、ついでに刻み煙草の燃え殻だとか、からいもの皮だとか、古い梅干しの種までも、底の方からほじくり出して燃やしてしまう。火箸の働いたその跡は、まるで龍安寺の石庭のごとく、きれいな筋目さえつけられてゆくのである。

父は母に向って言うのだった。

「ほらみろ。かねて底の方からさらえておかんけん、また伊兵爺に掃除してもろた。しかしまあ、神さまの庭のごたるのう。散らかすなよ、もう」

するとすっかり赫ら顔になったもひとりが言う。

「いやいや感心。名人芸じゃもんのう。しかしじゃな、折角成仏してくれた蟹《がね》ばじゃな、殻に気をとられて、散らかすまい散らかすまいちばっかり思うとれば、窮屈でなあ。食うた気はせんぞ」

伊兵さんはそよりともせぬ口調でこう返す。

「いゃあ、儂ゃあ、いっちょも窮屈せんで、人並にご馳走になりよる」

いわれればなるほど、殻の片づけに忙しいという風は全くなく、焼酎も呑み、女蟹の特別においしい腹のところを上手に食べ、子供のわたしらには身をほじって口に入れてくれ、それが少しも目立たなくて、手品でも遣っているようなぐあいなのであった。

この人には鬼嶽のラッパ卒という異名もあった。山に棲む妖怪のことや、各地で見聞した珍らしいことを、たった今見て来たように、民話仕立てで話すのである。わたしにもこんな風に話してくれたことがある。

「今日はな、珍らしかもんに逢うて来たぞ」

子供心に何やらんと胸ときめかして次の言葉を持つ。

「何事じゃったろかねえ、ありゃ。何かあったばい」

「どこで、どこで」

「うん、鬼嶽のかずら谷で。おまや知らんど、鬼嶽さんは。葺《なば》どんがな、ぞろんこぞろんこ打ち揃うて、谷渡りしよったぞ。どこにゆくとじゃったろかいねえ。ああいう景色は初めて見たぞ。黄色か葺の、赤か葺のちな、丈の高かつやら低かつやらが、小うまかお輿《こし》ば担いでな、谷渡りすっとじゃけん」

わたしは黄色い葺は知っていたが、赤いのは見たことがない。お輿には誰が乗っていたかと尋ねると、伊兵さんは指を唇に当て、

「しーっ、聞いちゃならん」

と言って、しばらく目をつむるのであった。

爺さまたちが機嫌よくなって帰るのを見送りながら父が言う。

「久し振り、音《ね》のよかラッパば聴いたわい」


（一九九四年二月一日）

丘の上の麦畑

霜柱がわりわり立つ、ということがこの頃めったにない。

わりわりとは不思議ないい方だが、道の表土や畑土に、小さな細工物をぎっしり寄せたように林立した霜柱の上を歩くと、音を立てて倒れるから、そういうのであろう。泥を抱きこんだ無数の小さな霜柱が、ひと足ごとに踏み倒される感じをふつうさくさくというが、霜が厚いと結晶に硬度が加わるのか、氷柱そのものを踏み倒す感じがして、その一瞬のあしのうらの感触をわりわりと言うのではなかろうか。

午後に暖かくなっての挨拶に、

「今朝はもう冷とうございましたなあ、霜柱のわりわりしとりましたもん」

などと言いあったものだ。

履物が藁で編んだ草履だったりした頃は、霜の実感は地面からじかに足の裏にやってきた。

ことにも鮮烈に思い出されるのは、麦踏みのときの霜の感触と、胸の疼きに似た予感と向きあうような早春の気配である。

麦畑の土はふんわりとして、霜柱を踏んでゆくとその感じは、ゆったりと厚く土盛りされた大畝の中に全部吸収されてしまい、いっしょに踏み倒す麦の芽立ちも、霜柱とともに千切れ果ててしまうということはなさそうに思えた。

じつは麦の芽が、起き上れないほど大怪我をするのではないかと、幼なかったわたしは心配していたのである。

最初の麦踏みは四つ五つばかりの頃でもあったろうか。畑にゆく母と叔母の後追いをして、地団駄を踏み足ずりし、町内から町内へと泣きわめきながら丘の畑までついて行ったのである。まだ少年のような男衆がなだめすかして連れ戻そうとするのだが、川を越えて丘の畑につくまで泣き止まなかった。

それが不思議に、「麦踏みさせてやる」といわれて、ぴたりと泣き止んだのである。「もうよかよか」と言われて、男衆は橋のところから笑いながら帰って行った。

家業が傾いて俄か百姓をするようになった母と叔母が、畝の仕立て方にもなんとか慣れて、歳前に加勢人から蒔いてもらった麦の穂も無事に芽を出した。近所の歳をとった人たちが畑を見てくれて、麦踏みの時期を教えてくれたのかもしれない。麦踏み、という声が浮き浮きして、とても嬉しいことのように聞えた。

春まだ浅く、丘の上は風が冷たかった。頬がかっかっとしていた。赤い綿入れを着せられていた。それには梅の花模様がついていた。

「後追い雀が、やっと泣き止んだ」

といわれれば、思い出しの泣きじゃっくりがまた出てくる。

「綿入れの紐の漏れてしもうたが、もう。道子が泣けば大雨になるねえ、いつも。ほらほら」

かぶっていた手拭いで胸元をぽんぽんと叩いて拭いてくれて、母がいう。

「麦踏みするか、いっしょに」

そういわれると子供というものはもう、いっぱしの役に立つと思いこむものだ。おさない芽を地表をすってゆく風がふるわせていた。丘の下を含めて麦畑の全景が、そのとき目にはいった。鮮烈な景色だった。美しく耕やされ、ととのえられた畝の中に、筋をつくってなだらかな曲線をえがいている麦の芽の緑。そこらの草とどこが違うのか見分けはつかないが、ゆったりとした畝の中に芽を揃えているのを見れば、立派に思えたのである。その景色ゆえに、わたしは神々しい命題をあたえられた子どものような気持だった。

綿入れ半纏の中に両手をひっこめ、麦の芽を踏んでゆく。わり、わり、と霜柱の倒れる音がした。麦の芽が折れていないか心配で、ひとあしごとにそっと振り返ると、案の定みずみずしい緑の芽が倒れている。

「心配いらん。麦の芽はすぐ丈夫になって、起き上ってくる」

「起き上って、妹じょの、弟じょのち、うんと連れてくる」

母と叔母がこもごもそう言った。妹じょだの、弟じょだのを連れてくるとは、神秘な言葉だった。幾週かして、丘の上にまたついて行った。

妹どもは来ているだろうか。

たしかに麦の芽はひときわ濃く、丈夫になって増えていた、かがみこんでしげしげと、顔を土のところに持ってゆき、どの葉が妹やら弟やらかを見定めようとしたが、わからなかった。畑の全体をみれば、たしかに麦は増えており、それは驚異というしかない景色だった。

丘から見れば、陽いさまは海の方に沈むのであった。畑の西の端に、大きな曲った櫨の木があった。いちばん大きな下の枝のところに陽いさまが来ると、畑の仕事はおしまいになる。

「あそこの枝に陽いさまの来なはった。さあ戻り支度しよ」

来るときは堆肥を入れてきた女籠《めご》に、花になってしまった青菜などを摘んで入れる。陽いさまの沈みぐあいを振り返りながら、下の段のぐるり道を曲る。

妹じょとか弟じょとかのことがやっぱり気になって見上げると、ゆるやかな半円になった畑が稜線を描いている。その縁はけむるような黄金色だった。麦の葉先は尖るでもなく曲るでもなくまじわりあって、いっぽんいっぽんの葉先に、霧を含んだような夕陽いろの虹をつけていた。さっき土に顔をつけてたしかめたかったのは、妹じょや弟じょの足だったのだが、それはやはり見ることはできなかった。

夕陽いろの虹をまとった麦の芽のかがやきを見たとき、わたしは何かに深く触れたような気持になった。たとえていえば、水の脈からいままさに生まれようとしている無数のおさない殻霊たちに逢っているような、そんな感じだった。それを地表に導いているのは沈んでゆく陽いさまにちがいなかった。わたしは再び畑にかけあがった。光る霧はその葉先からかき失せていた。しかし、いまほんの一瞬の間に、何か壮大な、交霊のようなことが行われたのではないか。わたしは気をつけて、足元から畑を見直した。麦の芽はさっきよりしっとりした初々しい緑になっていた。

海は満々と光を含み、木の葉のような小さな舟を、あちこちに浮かべていた。町の方を眺めると、工場の煙が夕べの色に染められて、家並の上にうっすらと漂い、その下に人間の暮しがあるのが不思議に思えた。

工場のそばにわたしの家があるはずだった。家並みのあそこらあたりと見当はつくが、しかとはわからない。家並みの後ろが田んぼになって、赤煉瓦の旧工場が見えるあたりが、港の方から来る道の通っているところだ。工場の横から町の中心部へとその道は続く。馬車のわだちの音や、馬のいななく声、人力車の車夫さんが地面を蹴ってゆく軽々としたすり足、ひとりひとり歩き癖を持った下駄の音などが、通りに満ち満ちているはずである。

丘の上にはそんな物音はとどかない。人間の世の中とは別な、もうひとつの世界があることをわたしは感じていたのだろう。

「何ばしよると。早よ戻らんば、風邪ひくばい」

母に呼び戻されてわたしはかけ下った。春りんどうの蕾が丘のまわりの土手で閉じかけていた。夕方になると小さなこの花は、きちんとした襞をつくって閉じるのである。

三年前、丘の畑にのぼってみた。何十年ぶりだったろうか。周辺にあったからいも畑の上に家が建ち並んでいた。母に連れられてのぼった頃の陽のかがやきは失せ、櫨も椿も切られて畑はやせ細っていた。

耕やされた大地の格調。いまはいずこかに去ったそのことをどう伝えられるだろうか。その水脈の毛細管が、光を含んで地表に息吹きをあげる時刻に、わたしは出会ったことになる。ごく幼い頃、早春の夕べに。

（一九九四年四月一日）

麦の畝

汽車に乗って仕事場との間を行き来しているのだが、緑、緑にかこまれて海辺にさしかかる度に、雲の色も海の色も、小さな岬のたたずまいも朝夕微妙にちがって見える。夕方で、曇りだった。海は青さを消していたが、やわらかい白銀色の風の足が、幾重ものぼかし模様となって天草の沖にのび、その海面のただひとところ、朱色の光が点ぜられているのが神秘な景色だった。太陽の姿は雲にかくれて見えなかった。

このような景色を見る度いつも思うが、人間の歴史がはじまって幾億年、いま見るような海の色、岬の形、樹々の光などについて、ここの海べのことを、昔々の人たちはどう感じていたのだろうか。

わたしなどは水俣病のことにめぐり合ってしまったので、昔と今はどうちがうかとか、近代文明の地方の風土に対する破壊の意味とか考えてしまう。そんなこともあるので一日一日、自分の目に見えている景色が去ってゆくのが惜しまれ、朝を迎えて樹々の光や海の色がよみがえっているのに一喜一憂したりする。

けれども上古の人たちにとってここの海辺は、そんなしちむずかしい所ではなく、四季折々潮の満ち干につれて朝夕魚や貝がとれ、山つきの磯辺ではいつでも薪が拾えて、樹々の蔭には泉があふれている所だったろう。そこここに耕すことの出来る土地もないではなく、ゆったりした、眺めのよい天地ではなかったか。

わたしが顔を覚えているだけでも、四、五十年前くらいの年寄りたちは、小高い畑の椿の下などに座って海を眺め、じつにのびのびした表情で時をすごしていたものである。

お爺さんたちは長いナタマメ煙管で刻み煙草を吸いながら〝悪五郎《わるごろ》時代〟の話をしていたり、お婆さんたちは、綿の花を小さな木製の綿繰り器にかけて、種をとったりしていた。思い出しても心和むような、年寄りたちの笑い声が木の下から湧いていた。

そのうちの誰かが必ず云ったものである。

「ここに来れば、ほう、ちすんなあ」

「ほんに、ここに来れば、気持ちの、ほうちする」

「極楽なあ、向うば眺めとれば」

と誰かが受ける。お爺さん、お婆さんたちは、流れてゆく雲を見あげ、何ともいえず幸福なまなざしをするのだったが、あれが「ほう」と思って向うを眺めている顔だった。「どこの孫け」といわれながら、そういう場所にうちまざって遊んでいた幼時が、いかに至福の刻であったことか。

今、海面の向うに島影がみえて、雲がゆき来し、それをぼんやり眺めていさえすれば心の隅々を羽毛で撫でられるような場所があるだろうか。

丘があって広々と外が眺められて、うしろの背中がおびやかされない所はあるかもしれないが、ほとんど意識されないほどの深い安堵感のある場所はいちじるしく減ったような気がする。

田舎の方でさえも道を歩いていて、何かしらほっとひと息つきたい時、背中をもたせてもよさそうな大きな木とか、腰を下せるような岩とか、土手のようなのが見当らない。畑も田んぼも、田の縁もコンクリートの直線で、目に見える景色はどういえばよいのか、ゆく先ことごとく人間を拒んでいるような非情な形である。

心の安らぐ風景が、昔はいろいろあった。たとえば段々畠というのがそうだった。麓の方から山の中腹、あるいは山の頂きまで、小さな曲線をつなぎ合わせて作られていた段々畠。いやいや段々畠にかぎらない。いま痛切に思い返されるが、つい三十年くらい前までは、わたしたちの大地は、ほぼゆるやかな大小の曲線をつなげあって、その中に人を容れていたのだった。

田んぼの畝も、畦も、野道も小川も大きい河も、くに境も全部、地殻の形にそって蛇行して、曲線の入れ子構造になっていたとおもう。それが季節ごとに色を変えて、樹々の梢や草の群落のまとまるときは尖ってはいなくて、まろやかに連なっていたから、風景というものがじつにやわらしかった。

わたしは心の中に、昔の風景を探して、十七、八世紀ごろからのヨーロッパはどうだったろうかといろいろ画集をとり出してみた。樹々を沢山描いたコローやその周辺の絵画をみてみると、樹と水辺を描いた作品が多くあるが、西洋の風景は、心が和むというのと少しちがう。樹々はあってもとがった岩山や禿げ山が多く、しかも森というのはどこか猛々しく、今にも襲いかかりそうで、恐ろしい魔神の棲む森に描かれたのが多い。人の力で征服したい気になったのはこういう自然だからかと思う。

それにくらべたら日本の絵巻物や浮き世絵に出てくる樹々はじつに枯淡で、山などはひと筆描きのように抽象化されている。明治初期日本に来た外国人たちが一様にその虜となったわが田園や、神秘なまでの緑の大地は、日本人自身には、あまりに普通の生活の自然だったので、西洋の画家たちをうならせるような毛筆の単純な線であらわしてすませたのだろうか。

とはいえ古事記以来詩歌や句作や歌舞音曲の表現は、ほかならぬ自然から無限に引き出して、なお表現しつくせないまま、肝心のその土台が今や大崩壊の崖っぷちに立たされている気がするけれども、ついこの間まで詩歌を作らない人びとでも畠や稲田の美しさ、山や道の美しさにはしょっちゅう気を配り、お互いに褒めあったりしていたのである。

よく仕上げた麦畑の畝などは誰の目にも美しく見える。ひと鍬、ひと鍬じつに入念に泥をかき上げていたあの人この人を今思う。たぶんもう皆死んでしまったろう。

湿地がかった田に麦を蒔くには巾一米、高さ三十センチばかりの畝を立てその上に筋状に五、六列、種を下して発芽させるのである。わたしの付近ではそんなやり方をした。畝と畝の間は水はけをよくしなければならない。麦は裏作なので本来の稲を作るときの水口にそって勾配をつけてゆくのだが、雨が降ると一目で腕がわかるので、おろそかには出来なかった。

そしてこの畝立ては、どういうものか女たちがやるのだった。その作業の腰の痛さは田植え前の畦塗りや、真夏の田の草取りにも匹敵した。わたしは思春期をすぎてから、時々母の手助けのつもりで田に出たが、念仏を唱えながら必死で苦業を行なうような気持だったのを思い出す。

耐えかねて腰をのばし、たたいたりして隣の畝の母を眺める。けして急いだりはしていない。ゆったり、ゆったりと鍬を使って乱れないのが不思議だった。溝の泥を草と一緒にすくいあげてはこぼしながら、草の根をさらえ取る。さらさらになった泥と鍬の先で裏返した根とを麦の芽の間にうちこぼし、雑草を押さえこんでゆく。ただ鍬の先で溝をさらえ、その泥を畝の上にあげているだけの動作にしか見えないけれども、静かな一定の、流れるような動作の中で、実はさまざまな仕分けがなされているのだった。わたしの畝はおくれにおくれて、幾畝も仕上げた母がきて、笑いながら手直ししてくれる。

「あれまあ、道子が畝のゆがんだよ」

それを通りかかった人が褒めてくれる。

「まあ、美しか畑になりましたなあ」

ゆったりした曲線のつながったあの畝は、大地に彫られた造型というか大芸術と云ってよかった。目に一丁字なくとも、百姓たちは大地に描く人だった。そして自分の躰でもって、万象を審美し分ける批判家でもあった。日本人の伝統芸術の資質はこういう風土で育てられたのではないか。

稲田の美を私たちが慕うのもここに根拠がある気がする。百姓の労苦を想わずして田園の美をいうなかれと云いかけて胸が痛くなる。

（一九九四年六月一日）

水門

景色というものを思い出す時、必ずと言ってよいほど風の感触を伴っている。

川口近い水門のほとりだった。足許には動きの少ない潮が、ほんのわずかづつ満ちたり干いたりしていた。そこは小さいながら入り江のようになっていて、満潮というほどではないが、浅い潮が潟の上を遊びながら葦の根元にまとわりつき、干いてみたり寄ってきたりする。風があるのは、葦の葉先がゆれるのと、自分の風のとっぺんの、あのつむじの分けめのあたりがこそばゆいのでわかった。そこで吹き分けられたおかっぱ髪が、煙のように光って小鼻をくすぐっていた。学校帰りに水門の土橋の脇に鞄をほうり出したまま裸足になり、ひとしきり遊んで帰るのである。勉強などより、そっちの方に熱中していたと言ってよい。

水門は土手で囲って、朝夕上ってくる潮を、水田に入れぬよう調節するためのものだったが、今想うと海辺に近い集落の、多くはない人数で、たぶん幾年もかかって築きあげたものではなかったか。

山裾から湧き出す水路が、そこそこ集めてみても三町歩ほどの田の間をめぐっていた。わずかな田がつながりあう間をきれいな水が流れ、子どもが跳んで渡れるほどな溝のほとりに、春ともなれば芹も生え、蓮華の花も咲き、シジミさえも朝の味噌汁になるほど採れたのである。それはとても大粒のものだった。

何年かごしに、田植えのすんだばかりの稲が、みるみる赤茶色になることがあった。腕組みした農夫たちが、まだ塗り立てのやわらかい畦に立ちつくし、吐息をついている姿をみることがあった。水門の調節がおくれて、水を配るはずの水路から潮が逆流してしまうのであった。子供の目にもその惨害はひと目でわかった。

どんな廻り合わせになっていたのか、晩年、わたしの父は水門係を買って出た。しばしば行われた「小組合の寄合」を受けてのことだったようである。どういう油断でこのように広範な田に潮が入ってしまったか、「出し前どころか、明日食う米の問題ぞ」「明日ばかりか先々続く問題じゃ。水門がなあ」といったような言葉がやりとりされていた。

そういう塩害の寄り合いのときだった。深刻な議題の中に、声の調子が落され、あつこちゃんのことが出て来たのである。

「あすこの三番娘はこのごろ見んが、売ったちゅう話ぞ」

声をひそめて大人たちが話し合ったことは衝撃だった。わたしより三つ年下の幼なじみで、父親は片手がなく、焼酎びたりだった。「あの片っぽの手が疫病神じゃ」と言った者がいた。失われた手がしょっちゅう肩のあたりに来て、この父親とその一家を不幸にしているというのである。妻女はどういう家の出かと皆がいうほど物腰やさしく、言葉づかいの丁寧なひとで、わたしはこの小母さんからよく声をかけられた。ある時、それは鮮烈な赤いトマトをもらったことがある。

母のあと追いをして畠道を泣いてくだるところを呼びとめられ、袖を引かれて振り返ると、小母さんは慎ましげに膝をついて、泣きわめいているわたしを引き寄せ、ぐしゃぐしゃになった衿元を自分の手拭いで拭いてくれ、つやつやと陽を受けて輝く赤い果物を、前掛けの中からとり出したのである。

「ほら、これはさしあげまっしゅ。おいしか、珍しかもんでございますばい」

やわらかい声音だった。子供にも人柄の誠実というのはわかるものである。いっぺんに泣き止んで、ひっくひっくといいながらうなづくと、小母さんは手にひとつ持たせてくれた。ずっしりと持ち重りがした。両の袂にもひとつずつ入れてくれた。

「おかしゃまにもあげてたもんせ」

こちらの目にひたと視入っていた小母さんの顔が、ふつうの人より青白かった。道々かぶりついてみたが、トマトの味は鮮烈だった。てっきり甘い物と思いこんだのだ。日向の匂いだった。

わが家では、極端に遠慮ぶかいこの人のことをいつも気づかい、どうしてあんなに品のよい人が苦労しなければならないかと話しあっていた。

「またまた、おかよさんの病気の、ひどうならす」

母は吐息をつきつきそう洩らした。

「酒呑みちゅうても、度の過ぎとる」

お互い焼酎呑みも過ぎる方であるくせに、その夜の寄り合いのしめにはやっぱり焼酎が出て、湯呑みを口に運びながら小父さんたちがいうのが、神妙に聞えた。

この一家のことは近所の噂によく出され、おかよさんが夜中に水門の上を行ったり来たりしよらしたとか、長八どんがあの片手で、おかよさんの髪をつかんで蹴りおらしたとか、そういうときもおかよさんという人は泣き声さえも出すか出さないくらいで、今に長八さんは足が曲がるんではないかと、村の女房たちはひたすら、おかよさんとその子供たちのことを心配するのであった。この家は田んぼを持たなかった。

長八さんはむかし薩摩で刀鍛冶の修業をしたとかで、腕を見込まれていたのだが、壊疽という病気になり、右腕を肘の一寸くらいのところから切断していた。おかよさんは師匠の娘で駈落ちしてきたという噂だったけれど、ご本人たちからは誰もそのことを聞いた者はいない。

長八さんはそんな躰だったから、たいした働きはできなくて、たまに庭先に出て、左手で斧を振りあげ薪を割るのを見ることはあったが、たいがい顔を赤くして、夕方の野道をふらふら歩いているので、村の子供たちにも見慣れた酔っぱらいさんと思われていたのは仕方がない。

あつこちゃんはどこにいるのだろうか。色は浅黒かったが丸顔の母親似で、自分からものいうなどめったにない子だった。わたしの人形は母や自分の手作りで、見映えもなにもない代物だったけれど、一緒に遊んで、人形に布団を着せ終ったある日、あつこちゃんがこう言った。

「あんなあ道子しゃん、今夜なあ、うちにこの人形さんば泊らせてくれん、ひと晩でよか」

上等とはいえない人形をほめてもらった気がして、わたしは喜んで答えた。

「はい、よかよ。今夜泊りにゆかいますか、あやのさま。あつこちゃん家《げ》に。布団も持ってゆきませな、枕も持ってゆきませせな」

あつこちゃんは古い籐の文箱に入れたぼろぼろの人形さんたちを大切そうに抱えて行ったが、ひと晩たっても帰ってこない。三晩たっても帰ってこない。心配になって母に訴えているところに、おかよさんがあつこちゃんを後ろに隠すようにして、小腰をかがめながらやって来た。

「すみまっせん、すみまっせん。ひと晩ちゅう約束じゃったそうで。それがその、人形さんにトマトを給《たも》らせるちゅうて、給らせる真似しておりましたら、汁をひっつけて。お顔が汚れてなかなか落ちずに。申訳ないことで」

あつこちゃんはその腰の後ろで、泣きベソをかいた顔を出したり引っこめたりした。

「いやあ、よろしゅうございますが、そげんこと。まあ、そりゃ、珍しかもんばご馳走になりましてなあ」

母は大急ぎで手を振った。小母さんは伏目勝ちに言った。

「そのう、トマトですが。トマトしかありませんもんで、持って来ましたが、お口には合いませんじゃろうなあ」

これ、とおかよさんは振り返った。目をぱちぱちさせながらあつこちゃんが人形籠をさし出すと、それに添えておかよさんは片手に提げていた竹の磯籠を上り框に置いた。南天の葉を床しくかぶせた下に、瑞々しいトマトが光っていた。母はあとで呟いていた。

「人形ぐらいのことでなあ。畑の下働きして、かつがつ暮しに、気の毒さよ」

（一九九四年八月一日）

ウソ温泉の水瓶のこと

わが列島もいよいよ砂漠化するのだろうか。いっそもう、来るなら早く来てしまえというような、やけっぱちな気持にさせられた夏だった。

東京からも印象的な文面の手紙が幾通か来た。「むし焼きになりそうなマンションに帰ると、シェルターの中に閉じこめられて脱出できない気分というか、なんとも不安な日々です」「ひとりでマンションに待っている子猫のために、とうとうエアコンを買いました」。いずれも女性編集者である。

電話でも悲鳴のような声が聞えた。

「そちらは何度ですか。こちらもう、昨日は三十七度を越えて、体温より上っちゃったんですのよ」

答えて私も言う。

「あらあ、こちら三十八度を越えましてね、四十度までゆくんじゃないかと言い合っています」

「ひゃあ」と相手が絶句するのが嬉しいような、記録更新を待ち望むような、変なお国自慢が口をつく。例年なら三十五度くらいで喘ぎ声を出していたのが、三十九度近くを体験し、それからすこし下って来ると、やれやれと言いながら、自慢の種がなくなってもの足りない。

そうは言っても、植林して十年経たない杉山が枯れたという噂や、山火事多発のことを考えると、いつにない不安をかき立てられる。もっと巨きな決定的な凶変が徐々に徐々に迫っているのではないか。その徴候というか前触れがさまざま送られているのに、人間たちは気がつかない。もうすでに罰せられているのにそれとは知らず、きめられた先のない道を、案内人がときどき出てきて指さすとおりに、みんなきょときょとして笑いながらついてゆく。そんな状態がいまのわたし達ではないかとしきりに思う。何しろわたしは水俣の知り合いから「暗か文学者」と呼ばれている。いつもそういうふうに頭が動くのである。

もう二十年以上にもなるが、東京丸の内のチッソ本社前の路上に、学生たちと寝泊りしていたことがある。水俣病患者とともにかなり思い詰めて、チッソが患者の言葉に耳を傾けるまでは、ガード下でも探して雨露をしのぐつもりだった。じっさいチッソ前に座ってみると、すぐ目の前には国電有楽町駅のガードがあった。

支援者たちがテントを張る工面をしてくれ、道ゆく人が毛布をさし入れてくれたり、どこからともなく箸・茶碗からお盆まで寄って来て、テント内でお客さまの接待さえできるようになった。渡る世間に鬼はないということも実感でき、何とみんなで一年七ヵ月も路上生活をしたのである。

雪でも降ったりすると、コンクリートの地面はそれを吸いこまない。背中がじゅたじゅたして、寒いことこの上ない日々もあった。病人さんを抱えて心配だったが、すぐそばに〝東京温泉〟があることを誰かが発見して来た時のみんなの喜びようといったらなかった。

「ほう、東京駅のそばに温泉のあっとち。さすが、何でもあるなあ」

早速若者たちが偵察に出かけたが、温泉ではなく沸かし湯だという。「よかよか、ウソ温泉でもかまわん。ゆくぞゆくぞ」という訳で交替で入りに行った。

帰ってからの話が賑わった。一様にみんなが驚いたのは、浴客たちが手首や足首にカギのついたゴム紐をくくりつけていたことと、躰を洗うのに、一人「舟一艘分くらい」水を流す情景であった。ことに女湯の水の使い方はおそろしいくらいで、一旦蛇口をひねったらその前に座り込んで、洗い終るまで蛇口をしめない。

昼風呂に幾辺かわたしも行ってみた。ウソ温泉といっても規模がバカでかい。蛇口が二百台ばかりもあったろうか。鏡がそれぞれ蛇口の前に貼ってあるのが田舎の風呂屋と違っていて、洗うおのおのは丸見えである。めいめい鏡面の前にずらりと並んでいる姿は偉観というほかなく、三助というのが実際にいたのにも度胆を抜かれた。声をかける女の人がいて、湯煙りの中から褌姿の男があらわれ、背中を流すのである。

洗面器に湯を張って洗っている間は蛇口を止めてもよさそうなのに、全開された蛇口から圧のかかった湯が噴射され、溢れ返っているのをそのままに鏡に見入り、美肌術というのか、躰中を磨き立てている。女たちの躰はおおむね美しく、それがいっせいに自分の姿態だけに気持を集中させて蛇口を止めない。水の音は耳を聾せんばかりで、もうもうたる湯気を巻きこみ、女湯は轟音のるつぼとなっている。若い女だけがそうなのかと観察したが、いい歳をした躰の人もおなじようにやっている。

むかし江戸の名物に、火事と喧嘩と両国の花火と、威勢のいいのが並んでいたけれど、まさか風呂屋の水をケチったら恥だというわけでもなさそうだった。浴客のすべてが東京人ではなかろうし、あれは群衆心理の一種なのかもしれず、お婆さんも中年も娘も、訳のわからぬ世の中でストレス人間になっていて、他人には伺い知れぬ事情をお互い抱えている。せめて誰にも気兼ねせず裸になれるところに来て、湯水に託してそれを存分流したい。風呂賃なんぞ、心に抱えたくさくさを洗い流せると思えば安いものだ、とまあそんな無意識の鬱憤が、あれほど盛大な水の流しっぷりになるのか。

しかしお風呂屋さんの水道代はどうなっていたのだろうと、わたしは今もって考え込むのである。東京の銭湯のいくつかが消えてしまったと、水不足とは別の事情で言われはじめたのは何年前だったか。今年の渇水では、あの温泉はどうなったろう。

「東京の風呂屋じゃ、舟一艘分も二艘分も一人で使いよる。よう水ガメの切れんなあ」

と水俣の患者たちは言ったものだが、あの一人分の水を家庭の浴槽に入れるとしたら、毎日替えてゆうに一週間分は湧かせる量に思えた。

東京の水ガメがある日予告もなく空っぽになって、ホテルの炊事場も公衆便所も官庁街もふつうの家も、蛇口という蛇口からポトともカラとも水の音がしない日が、近い将来来るにちがいないという不安があって、わたしはあんまりいそいそと東京に行きたくない。どういう訳か、東京のレストランやホテルや駅の便所は水圧が強いらしく、音が高すぎ盛大に流れすぎる気がする。その度にわたしは心臓にこたえて跳びあがりそうになり、水ガメが切れる！　と思うのだ。あのウソ温泉の水音がいまだに記憶の底にこびりついて離れず、おびやかされるのである。

ゴム紐のついたカギは衣裳箱のカギだったが、どういう訳だか浴客たちは足首にはめていたのである。患者たちは「東京ん者な、風呂でも挨拶ちゅうとはせんとぞなあ。自分の足しか見ちゃおらんもん」と首をひねるのだった。手首や足首に番号札をつけるのは収容所の囚人か、檻に入れられた実験動物だというのがみんなの気持ちだった。

支援者の訳知りがいて、東京も下町へゆけば、結構風呂仲間がいて、挨拶も世間話もできるのだが、東京駅かいわいはゆきずりの飛び込み客もあろうから、怪し気な雰囲気があるのだといって聞かせるのだった。

水俣組は湯の鶴の、肌がつるつるになるほんものの温泉を思い出すのだが、今は道路脇なんぞに寝泊りして、人さまのご厄介になるばかりの身の上である。故郷自慢を言っては、垢まみれで働いてくれている若者たちに悪いと思うのか、ウソ温泉の噂には花を咲かせても、湯の鶴温泉のことを引き合いに出さなかったのは、思えば何かあの人たちの、人生に対する慎みというか、含羞だったような気がする。


（一九九四年十月一日）

泉

山好きの友人から聞いた話だけれど、阿蘇の根子岳のかなり高いところに泉が湧いているそうだ。不思議ですよとその人は言う。

水場というのは山に登るたのしみのひとつで、あそこまで行けば清冽な水があると思い浮かべつつ、ひたすら登ってゆく。今年の日でりでは、谷間の水さえあちこち干上ってしまったから、いくらなんでも涸れたろうと半ばあきらめて登ったそうである。水場のぐるりは別として、あたりは樹林のない岩場だそうだ。泉はしかし変らぬ姿で湧いていた。

「どこからあんな高い所に水が湧くのか、不思議ですよ。そこのぐるりにだけ、特別紅葉の美しゅうなる木のありましてね、それでまた行こうごつなるんです」

そこらに生えていたという鮮紅色のつややかな烏瓜やら山の花々が、部屋に飾られていた。

わたしも登ってみたいが足腰がだめなので、車の近づける所までなりと連れて行ってもらおうとひそかに思う。水場の付近は崩落の多いところで、玄人でもよっぽど要心しないと危ない所だそうだ。つい四、五日前も七十を越えた男性が一人で登って墜落死した。山仲間では知られた人らしく、

「どうして一人で登んなさったかなあ。いくら慣れた山でも一人では危なかですよ。いつも見慣れとる二間四方ばかりの大岩が動いて、場所を替えとることがありますからね」

友人はそう言って頭をかしげていた。

人里はなれた岩山の蔭に湧きやまない泉。いつの頃からそれはあったのか。根子岳といえば阿蘇五岳のひとつである。隣り合う中岳はいまも噴煙を上げている。

いつだったかわたしは、際立って頂上がぎざぎざしている根子岳を眺め、「この山は雪が降っても早う溶けるでしょうねえ」と言って、連れの人たちに笑われたことがある。中岳の煙がぎざぎざの間から見え、根子岳がいかにも暖たまっているように感ぜられた。それでなくとも活火山だから、山膚はほかの山より熱いのではないだろうか。そういうとまた笑われた。しかしげんに阿蘇に連なる九重山系の湧蓋山のぐるりでは、地熱発電というのが起されている。

わたしが興味深く思うのは、そういうふうな九州脊梁山系のかなり高いところに、地下水脈の自噴装置が仕かけられていて、今年のようなただならぬ少雨の年にもそれが涸れないこ

との妙である。平地、低地の水脈はとっくに先細りになって消えたところが多いというのに。その自噴装置はごく最近の地殻変動から来たものかも知れないが、わたしとしては、何十万年だか、何億年だかを過ぎてきた水が噴き出しているのだと思いたい。

年々歳々、空をゆく鳥たちがこの泉に目をとめて羽根をやすめ、けものたちもまたここに憩ったことだろう。落葉が沈み、雲の影や月影を宿し、人の声がすることもあった。この世のどこかには、人の知らないひそやかないとなみというものが数かぎりなくあるだろうけれど、その一つを形にしてみれば、この泉のようなものではないか。

東京に住んでいる友人と電話して、双方から今年の気候のことが口に出て、ひょっとすると砂漠化の前兆じゃないかしらと言いあうことがある。そのときわたしの幻想に出てくるのは、低地の草も山々の木も枯れ果て、列島の尾根が風化して砂になってゆく過程である。たぶんそのとき、山の上の泉はオアシスとなって、神のわずかな恵みのように湧くのだろうか。そこを通りかかる人々は、たぶん元の山容や川の姿を知らないであろう。今の人間があの原人たちのいた風景を思い出せないように。

なぜいつもいつも泉にこだわるかといえば、日でりのことだけでなしに、近年、涸れてしまった泉をずいぶん見出すからである。まさか涸れているとは知らずに尋ねて行くのだった。主に海辺に近いところの泉や井川だった。

付近の人々によくよくたずね、まわりを見渡してみると、湧水口がある。案の定、山や丘に囲まれて昔のかつてはその丘から水場にかけて蔭をつくりながら生い繁っていたであろう樹々が伐り払われているのが常である。宇土半島の根元の漁村、長浜村でのことだったが、大きな井戸を囲んで作られていたかつての洗い場に立ち、救われ難いような荒涼とした気持に襲われた。大岩を組み合わせ、洗い場も広々ととって見事にしつらえられた水場だった。

何年か前に供えられたと思える玉串の、榊の葉も紙の幣も茶色っぽくなって、奥の空井戸の石垣にさしこまれたまま、磯から来る風に吹かれていた。

空井戸の岸壁には、水の減っていった目盛りが幾重にもくっきりとついていた。米や野菜のたぐいを洗うところ、衣類の洗濯場、牛馬を洗うところではなかったかと思わせる。水場の跡に、誰が持って来て捨てるのか、ジュースの空缶、タバコの空箱、プラスチックの折箱などが投げこんであった。

そこの水場をたずねて行ったのは、ハーンの『夏の日の夢』という文章に曳かれてのことだった。

三角港に上陸し「浦島屋」という宿に泊ったハーンは、人力車に乗って、長い長い宇土半島の海沿い道を熊本へ向う。島原半島の上に「神々しい雲が浮か」び、「雨乞いの太鼓が暑熱そのものの脈搏のようにひっきりなしに鼓動する」中を長浜村にさしかかった。

「松の蔭になった岩の多い池のまわりに、十二軒ばかりの草葺きの田舎家が一かたまりになっている。その水たまりには、崖の胸のところからまっすぐに飛び出している流れがそそいで、冷たい水があふれている——ちょうど、詩は詩人の胸から飛び出すべきものだと人々が考えるように」

ハーンは木の下の腰かけで他の人たちと共に渇をいやしタバコを吸い、彼の車夫は裸になってバケツで冷水を浴びた。池で洗濯をしている女達や水を飲んでいる旅人たちを眺めていると、赤ん坊を背負った若い男がお茶を持って来た。

「わたしがその児に戯れようとすると、その児は『ああ、ばあ』と言った」

海辺の村にあったオアシス。若い男が赤ん坊を背負っていたというくだりを読んで、昔の村の心のあり方とそれが作り出す情景をわたしは思い出した。車夫は約束の車賃の上乗せ分を要求して他の車夫と交替する。お茶代を払ったとは書かれてなく、赤ん坊の発した『まだ習わない言葉』から、ハーンは「さようなら」を連想するのである。『まだはっきり記憶している前世の友達にむかってであろうか。——あるいはどこからとも知れぬ冥土の旅の仲間に言っているのであろうか』と。

宿の名前が浦島屋であったこと、そしてまた女あるじが、国貞描くところの美女を思わせたので、この旅路のことをハーンは『十九世紀のすべての悲しみから救われたような気がする』と書くのである。

磯辺にさし出た松に吹く風の音、岩を伝ってほとばしる清水、水場のにぎわい、旅の人との羞らいを含んだ懐かしい語らい、雨乞いの太鼓の音。人の住んでいる海辺ならばどこでも見られた情景が、見事に消え失せ、かつての草の道にかぶさった非人格的な舗装道路を車たちがごおっと響きを立てて通って往く。

空井戸の、枯れた玉串にまだすがりついている茶色の幣、かつては白かったろう紙がそのあふりを受けて、かすかに、ねじれるように動いた。松の木も切られていた。

ハーンが「十九世紀のすべての悲しみ」と言ってからすでに一世紀を経て、ようようその悲しみの意味にわたしたちは気づきはじめたが、さらにその後の一世紀に何が起きたか。

往年の、しかもたかだか五十年くらい前まで、海辺の泉は湧いていたのである。わたしの家のつい近所にもそんな井戸があった。丘の下に。井川ともよばれていた。今はむざんな景色となっている。

（一九九四年十二月一日）

高下駄の草履

虎熊さんは、名前に似合わず丁寧でやさしい人だったが、なんでもない話をしても、座が賑わった。「よばい」の話はこんなふうに語られた。

「あたしどもが遠ざるきしよった頃には、新しか高下駄ば買うてゆきよりましたばい」

「遠ざるきというと、どこらあたりまでですか」

「一番遠うまでゆく時は、佐敷の在までも行って、ひと晩のうちに帰り着きよりましたな。七、八里はありましたろ。それで新しか高下駄ばおろしまして。行く時は組作って、最初はからんからん音させてゆくとですが、戻りつく頃は歯のすり切れてしもうて、草履のごつなりよりましたなあ」

「えーっ、佐敷まで。そげん長道ば、高下駄では歩きにくうはございませんか」

「いんえ、草履やふつうの下駄では踏み割ってしまいますもんな。今時の道とちごうて、昔の山添い道でっしょ。それに津奈木太郎のあの山坂ば越えてゆくとですけん、下駄の歯も減り方がちがいます」

津奈木太郎は名だたる難所で、佐敷、赤松とふたつの峠を合わせて、三太郎の名で知られていた。薩摩の殿さまは参勤交替をするのに三太郎を嫌がって、海路を取ったといわれている。

「藁草履の履き替えば持ってゆくとか、なさらなかったですか」

「しまっせん。高下駄の方が伊達ですもん。折角、おなご見つけにゆきますとに。今時の若か者は日頃はインスタントラーメン食うても、おなご乗する車は月賦ででも買いますど。あれと同じで、組んでゆく時はまず、みんなして高下駄買いにゆきよりましたな。伊達ちゅうても桐の下駄は保ちが悪かし、台も汚れやすか。長道には向きまっせん」

「上には何ば着てですか」

「そりゃやっぱ、汗の匂いのせん半切り筒袖で、手拭いはまっさらば持ってゆきおったです。長着は着てゆかんじゃった。いざちゅうときゃ、尻からげして逃げんばなりまっせんで」

「じゃあ揃いの高下駄で」

「はい。若か者どもが躰ばこすり合うて頼むもんですから、店の人も鼻緒すげすげ、元気でよかなあち、言いおらしたですよ」

わたしも三十年くらい前、営林署のジープに乗せてもらって、三太郎峠越えの旧道を通ったことがあるが、聞きしにまさる悪路で、道というものは平らなものとばかり思っていたのが、平らなところなどほとんどなくて、蛇腹のようにうねる赤土道に木の根が露出し、大小さまざまの石がころがり出していた。そういう道をジープが跳び上ったり、停まってしまったりしながら進むものだから、すっかり病人になってしまった。

こりごりして、帰りは新しい国道三号線を通った。昔の人たちの道中がどんなに大変なことであったか、骨身にしみてわかった。

それにしても、途中で休んだ道の両脇に乱れ咲く野菊の可憐であったこと、木の間がくれにみえる麓の集落の平穏そうなたたずまいの懐かしかったこと。これほどのごろた道では、大名行列を威を張るどころではなかったろう。

遠ざるきの時は、月の夜を選んで夕方時分から出かけた。樽を一本必ず用意してゆく。今の一升壜ではなくて、大徳利である。それを持って向うの顔役に村入りの挨拶をする。目ざす娘の名をいうと、どういう家だか道順まで教えてくれた。

「作太郎さん家のおみの婆さんな、そげんして佐敷から来とらすとばい」

虎熊さんはいつもそう言ってにっこりしてみせた。作太郎さんというのは隣部落の牛曳きさんだったが、連れ合いの婆さまは、その頃もう腰が曲っていた。

わたしの村の隣字の巳太郎小父さんの家に、ぴかぴかの見事なコッテ牛がいて、エツという名で通っていた。おカメ小母さんは世話のよくとどく人で、毎夕、川口まで連れて行っては躰を洗ってやっていた。牛はここの川口が好きとみえ、洗い終ってしまうと咽喉を伸ばして天草の方を眺め、しあわせそうな鳴き声をあげるのだった。

村の人たちは「エツが鳴いたぞ。さあ、子どもは家に戻らんか」というのであった。

若者組のひとりがこのエツに目をつけた。というのも、この家のお君という娘に若者の一人が思い焦れていたからである。まずエツを夜中に曳き出して、両親がエツを探しに出たあと、思いを遂げさせようという寸法だった。

若者の一人に牛の扱いに慣れた者がいた。エツはなるべく遠い海辺に曳いて行って啼かせる。巳太郎小父さんは不精者だから、小母さんが探しにゆくだろう。小父さんをどうやって外に出すか。

「よし、俺が太鼓ば叩く」

と言ったのがいた。小父さんはひでりの時など、太鼓の音を聴くと目の色が陶然となり、躰つきさえ軽々となってくる。小父さんが家から出て来たら、夢うつつのまんまを山の方へ太鼓の音で連れ出してゆく。なるべくそれも時間をかけなければならない。そのため、辻道に葉のついた薪束を三つ四つ転がしておいた。怪我せぬ程度につまづいてもらおうという算段である。

ゆうべしたたか焼酎を呑んで寝た小父さんは、まだ酔いのさめぬ耳に海の方から牛の声は聞えるし、太鼓の音は山の方へ行くし、寝呆け眼で飛び出してすぐに薪につまづいた。しばらく白菜畑に踏みこんだり、ふらふらしていたが、さすがに太鼓の方へは行かず、牛が遊び出たと思いこんで海の方へ向った。一キロもない渚である。

両親が出てゆく騒ぎの中で娘も目を覚ましたが、這入って来た男を泥棒と思って大声をあげた。

近所の人たちも、時ならぬ時刻に異様なエッの声が聞え、雨乞いや祭の稽古でもないのに太鼓が鳴るのに目がさめ、聞き耳を立てているうちにお君ちゃんの悲鳴があがった。まっ暗だった家々に灯りがつきはじめた。

若者たちは不首尾をさとるや、一目散に青年倶楽部に逃げもどったが、泥棒に間違われた若者は、田んぼの水路にはまり、目の玉だけを残して泥だらけになっていた。

一部始終が部落中にあきらかとなって、若者たちが油を絞られたのはいうまでもない。

「あそこの娘ならば、ふつうに仲人を立てればよか話じゃろが」

もとはやっぱり〝よばい〟の経験もゆたかな年寄り頭がしかつめらしく説諭した。

「なんも、あのコッテ牛ば夜中に曳き出して、わざわざ鳴かせたり、太鼓まで持ち出すこたなかろが。バカどもが。騒動するにも程のあっぞ。」

その頃の村の夜更けはどんなものであったか、わたしもよく覚えている。町から川ひとつへだてて、とんとん村といわれていたここら一帯では、わたしの家がこの村に移り住んだ昭和十年代には、まだ電気もなかった。三つばかりの低い山が川口に向ってせり出し、葦のまばらに生えている中に少しばかりの田があり、その田もよっぽど大潮などに気をつけないと、一夜にして赤枯れしてしまう。

ランプの火を消してしまうと、夜なべの藁打ちドンコの音も絶え、子どものむずかる声も止んでしまう。ラジオのある家などほとんどなかったので、あとは井戸水のしたたる音とか、田んぼをめぐる水路の音がしんしんと聞えるばかり。そんな静寂の中を、「死人さんの使い」が急ぎ足で来たりすると、その足音や訪ない声が、束の間人々の眠りを破るのだった。老人たちのよばい話は、そういう闇深い村の夜を照らす一瞬の花火のようなものだった。

（一九九五年二月一日）

春の蜆

寝入りばなによく川の夢をみる。

これを夢と言ってよいのか、イメージと言ってよいのか、まだしんから寝入っていないのに、瞼のうらにありありと鮮明に川岸の景色があらわれる。

ゆたかに盛り上って続く岸辺の葭や野茨の繁み。私の目の位置は、樹々のうちでいくぶん高い樟の梢すれすれあたりにあがっていて、眼下の景色を見ながら上流の方へとゆきはじめる。その高さより上にあがることは出来ないので、揺れる葉っぱの中を透過しながら、ゆるやかに蛇行する川岸をゆくのである。川の真ん中をゆかないのは、落っこちる心配があるのだろうか。

どういうものか民家も電柱も見えず、したがって人の姿も見えなくて、水の流れをはさんだ山々が続き、わたしの目の飛行は五里ばかりも続くだろうか。

露を含んで香る草や樹々が下流へ下流へと過ぎ去る中で、急に夕暮れになる。遡行する川は狭い谷に這入って、わたしは目の先三十センチばかりの岩壁の前で止まる。ぽやぽやした草を乗せた重畳たる岩のはしっこに、青白い石紋が浮き出ていたり、わずかな水滴がしたたっていたりするのを、まじまじと視てゆくわけだが、雨雪や日月とだけふれあって、鳥たちの訪れはあるにしろ、幾世紀そこに動かなかった地層なのだろう。岩石の重なりぐあいを視れば、太古の隆起や爆発のその瞬間を形にとどめているわけで、可憐な一本菫《ひともとすみれ》が岩床にふるえているのが感動的な景色におもえるのだった。

そういうささやかで鮮明な映像をまぶたの裏にみて、わたしは慰められ、睡りに入るようである。崖の上の山々の稜線を越えて往ってみたいが、どういうものか、それより上まで往って彼方を望んできた、ということはない。

あの川べりと谿間の岸壁はいったいどこなのだろうか。源流のまわりの山々は実在のものだろうか。たんなる想像で、あんなに克明に草の葉や樹々の梢の赤い芽立ちが視えるだろうか。あれはひょっとして、前世の記憶ではあるまいか。前の世では鳥か蝶だったかもしれぬではないか。人に言えば一笑に付されるだろうが、わたしはそれが知りたい。

川に添って見えかくれする道はたしかに人間が作ったものと思えるが、青黒い硬質の水がこまかい襞を波立てて流れているだけで、人っ子一人見えないのはどうしてだろう。

この場面はもう三十年ばかり、繰り返してあらわれる。ときには、さほど強くない雨が斜めにやさしく降りながら、樟の梢にたゆたっていたりする。かくも長い間、ほとんどおなじ情景がまぶたの裏にくるというのは、よほど言葉にし難いテーマが、映像となって、夢の奥から呼びかけているにちがいない。川岸や里のあたり、といっても人家はないが、山々も全部春を過ぎて夏に向かおうとする頃の緑で、花はごく少ない。それでも、写真集のページでも開くような非現実的な感じで、見たこともない蘭（だろうと思う）が、息をのむほど美しく咲いてみせることもある。先夜も、なにかもやもや動く暗いまならに、出てきておくれと思いを凝らしていたら、白い花弁が仄かに浮いて出て、雌蕊は僅かな紅の色、そのまわりはあるかなきかのうす紫の一輪が震えていて、すぐ消えた。

脳にビデオを仕掛けておいて、夢や寝入りばなの映像を記録しておけたらと思う。朝起きてテープを起す。さぞびっくりするような夢が映像つきで展開することだろう。

非常に驚いて目がさめたことがあった。この方はしんから寝入っての夢だったが、山にゆくのに川の縁を歩いていた。八合目くらいまで登った頃、突然川下の方からざぶざぶと大波が立ってきて、川の水が山を襲撃するかのように逆流し始めたのである。西へ沈むお日さまがいよいよ東へ沈むようになるのかと、ショックを受けた。

葛飾北斎描くところの大波が、幾重にも重なり逆巻きながら、富士山のような形の山に押し上ってくるさまはじつに奇怪壮大で、恐ろしかった。わたしは必死で呪文のようなのを唱え、巻きこまれまいとしたが、そういう時は飛行のことなどすっかり忘れているのであった。呪文が利いたのか、波の力がそこまでしかなかったのか、すぐ足許まで来て、三べんばかりするすると紙の上をすべるように元に戻ったりして、さしもの恐ろしい水が跡も残さず、河口へ引き返してゆき、何事もなかったかのように岸辺の草むらはふくらみ、樹々は微風に揺れ、わたしの目は安心して下流の方へと飛行を始めた。下流へ行こうとしたのはこの時一度きりである。逆流する川についてくわしく観察したかったのに、目が醒めた。

一年ばかりしてから偶然テレビで、南米だかどこだかの川が、ポロロッカ現象とかで、すさまじい勢いで岸辺の人や舟を巻きこみながら、上流へと逆流する有様を見て仰天した。ホントにあることなのだった。夢の中だけの奇想天外と思いこんでいたのである。

山に登る川などということは、いくらわたしの空想癖でも思いつかないことだった。いったい、あの夢はどこから来たのだろうか。

ごく親しかった友人が、死ぬ前や死んだその時刻に、夢で知らせてくれたことが三度ほどある。一度などは睡ってもいないのに、そこに来る筈のない姿がありありと現れたことがあった。夕ごはんの支度をしているとき、その人はカマドの前に両膝を組んで、漆黒のお河童頭を垂れて座りこんでいた。

彼女が今ここに来たから見舞いにゆくとわたしは言い、家人がそんなバカなといさかいになったが、行ってみたら、その時刻に彼女は死んでいた。かけっこが早く、髪が特別黒く、頑丈な人だったが結核にかかっていた。

前知らせの夢は、古い友人の赤崎覚さんのときもあった。行ったこともないのに、山の上の彼の新居をたずねたところ、小さな流れ川の岸を拓いて建てた家はもう失くなっていて、敷地の跡に、なにやら透明な素裸の小さなものたちが、酒に酔ったようなあんばいの手ぶりで踊っているではないか。三十人くらいというべきか、三十匹くらいというべきか。人間ではなく、妖怪というにしては、一人一人が光のような透明さだった。

真ん中に、やはり透明な一人がゆっくり踊っている。訪ねるその人である。この人有名な酒呑みさんで、もう少ししたら酒仙の域にまでなりそうだったけれども、糖尿で肝臓がひどく悪かった。音はなく、慈光をたたえたようなあたりの景色がどこかしらもの寂しかった。

覚めてから家人に言った。

「赤崎さんが死ぬですよ。早よ山の上に行たてみよ」

例によって、「バカんこつば言うよ」と取り合わぬ家人に、無理矢理、見舞いの食糧を担がせて行ってみた。水俣では一番高地の石飛という部落である。彼はまだ生きていた。

わたしは内心非常に愕いていた。夢の中で、わたしははだしになって川にはいり、蜆を採った。水はもうぬるんでいて、ああ春だなと思ったのである。屋敷まわり、流れ川、石垣のややくずれたありさま、草の生えぐあい、家は建っていたものの、すべては夢の中の景色と瓜ふたつである。

彼はやせていて、名残り惜しそうに幾度も「泊ってゆかんな」とすすめた。そして野道を百メートルばかり、カッカッと下駄の音を響かせながら送ってくれた。黒い足袋をはいて、綿入れ半纏を着ていた。わたしの数十倍も本を読む人で、谷川雁さんをしんから慕っていて、彼とは何でも話し合える仲だった。

あたりの白菜畠には雪が残っていた。

「道子さん、あば」

彼は立ち止った。

「達者で居らんばな」

くるりと後ろを向いた。深い声が常とはちがっていた。振り向くまいと決心しているかのようだった。下駄の音が凍りはじめた野道に、またカッカッと響いて往った。家にはいるまでわたしは見送った。

「夢みたんよ。ここの川で蜆ば採って、笊に入れよった。見舞いにあげるつもりじゃった。水のもうぬるんで、春の水じゃったよ」

さっき彼にそう言ったことをわたしは想い出していた。

「春のなあ。蜆も居るかもしれんな。そら有難うなあ」

彼はたのしそうに笑い声をあげ、夢の中の蜆に礼を言った。透明なものたちに囲まれていたこと、家はもうなかったことは言わなかった。おそろしく敏感、繊細な人である。山の上に家を建て、妻子とはなれたひとり暮しで、「焼酎片手に読書三昧、のんきなもんばい」と見栄を張っていたが、どんなに淋しかったろう。

山を下って四日したら、テレビをつけたまま焼酎壜をそばに置き、彼が死んでいる、という知らせが来た。


（一九九五年四月一日）

春の落ち葉

樟の芽立ちがうす紅色に萌え出る時期がある。それが淡い緑になってゆく頃、この樹は自分を洗いそそぐようにして落葉する。音を立ててはげしく散るのである。古いその葉は、新芽よりは厚く赤く、完成された紅葉という趣きがある。

それが翳りながら地上をすべって舞うとき、梢の赤芽はいっせいに震えていて、雨風が幾夜かすぎたあとに行ってみると、樹はほんとうにうぶうぶとやわらかい緑になっていて、ああ生まれ替ったなと思う。人間はこうはゆかない。

春の落ち葉は時を急いでいるように見える。竹の林に風が過ぎてゆく。ゆれる梢の上に一たん吹きあげられた落ち葉が錐もみ状態になって、まるで洗礼を受ける何かの化身のようにきらきら光り、余韻ぶかくそっと土に乗ってゆくが、もう根元に筍を抱いていて草もふんわり伸びているのだ。

そんな竹むらの側を歩いていると、夕方の木漏れ陽がひとところ差していて、野苺が一粒、赤く光って目を射ることがある。わたしは切なくなって、「昔の山」を想わずにはいられない。お向いのお婆さんが「四十年くらい前まで、ここらは山でした」とおっしゃるからである。

わりと静かな住宅地域だが、わたしの仕事部屋もお婆さん宅も目立って古い。若い友人が最近訪れて、遠慮なく云ったものだ。

「古さ加減が、よく似合いますよ」

この家もお向いも、山や藪を伐り拓き、某企業の従業員社宅として造られたそうだ。

「もうあなた、ここら辺りは狐の出よりましたんですよ。棲家でしたよ、狐たちの。うす暗か山でしてね」

お婆さんはそう云って、両手をひょいと胸の前に揃え、狐の格好をしてみせた。

「陽のさすところは苺山で、まあ苺の澤山、野苺ですね、そんな藪でしたよ。子供たちが採りに来よりました」

古い家はごく少ないが、いわゆる豪邸もそこここにある。アンバランスな界隈だけれども、車の通りは少ないので、時々歩く。

四十年前とくらべれば、水の量が半分になってしまったという湖がそばにある。阿蘇やれいの波野や、久住、椎葉、五木あたりの九州山地からの伏流水が湧出する湖と考えられている。五月に入ってとくに気づいたが、ここらの人はほんとうに木が好きらしく、家々の内外に植えこまれた花々を日々たのしませてもらった。

昨日その下をくぐってみた樟の並木は、噴き出すようにびっしり、ベージュ色の花をつけていて、あまりの過剰さにびっくりした。木は千変万化するものだと、あらためておもう。お婆さんのいう昔の山は、よほどにたっぷり水分を含んでいたのであろう。

「蛇も、うじゃうじゃおりましたよ。お宅の空池にもまだ棲んどりゃしませんか」

のんびりした顔をして、お婆さんはわたしをおどろかす。前住者が直径七十センチほどの池があるのを、子供さんが危ないというので底を抜いたそうだ。長さは一メートルとちょっとあるだろうか。まわりには山の時代の羊歯が生え、苔もあるので、お婆さんのいうように、古い古い時代の主が躰を小さくして棲んでいるかもしれない。

ここではじめて春を迎えてみたが、紫よりは白色がかった木蓮が咲くのを発見した。幹には苔が這いのぼり、ところどころに宿り木ならぬ草が生えて瘤を作っている。何の木かと、去年の五月以来考えていたが、蕾がふくらんできて、これは辛夷《こぶし》かと思っていたら木蓮だった。

花が咲いている間じゅう、葉っぱの方が散り急ぎ、毎日毎日落葉を掃いた。油断をしているとお婆さんが待ちかまえていて、掃いて下さる。有難いやら冷や汗が出るやら、二、三日水俣に帰ったりすると、前の道がいつもよりはきれいになっている。お礼をいうとにこにこして、「いえいえ、健康の為にやりよります」と云われるが、つづけておっしゃるのだ。

「わたしは、お宅の樹の三本くらいは、いらんように思いますよ。家主さんにわたしが云うてあげましょうか、切んなはるように。車の二台は這入るち思うですよ、切ってしまえば。お客さんもようお出るようじゃし」

木蓮の花は盛りを過ぎると無惨な色になってどんどん落ちたが、水気を含んでびしゃっとしているので、車にひかれたあとなどは気持が悪かった。わたしはれいの空池をよくのぞいた。こういう落花がぜんぶ、池に落ちてくれないかと願っているからである。

(池よ池よ、水の無い池よ、せめてお前の力で春の落ち葉の全部でなくともよい。三分の二くらいを、吸い寄せてはくれまいか)

そして坪庭の葉っぱたちがさんさんと晩春の光に舞いながら、前の道路に落ちないで小さな水の無い池に吸い寄せられてゆく光景を思い浮かべ、池の隅々を見廻してみる。ごくごく小さな愛らしい蛇体の主がいないかどうか。おっかなびっくりで覗くのだが、今のところ、願う心が足りず、落葉も椿の落花も池にはゆかなくて、わたしはすり減った竹箒を握りにゆく。そしてお婆さんと目が合うと、お互いににっこりしあう。

そういうことで気づいたが、春の落葉は案外に多い。八ッ手の大きな葉がよそさまの生垣の下からうんとはみ出し、道の三分の一くらいを占領していたり、見事な木犀の下に葉がいっぱい散っているのを見たりする。名も知らないほかの樹々の、落葉散りしく春を歩くわけで、これは近年の大発見だった。

一度探険に入ってみたい鬱蒼とした古屋敷がさほど遠からぬ所にあって二百坪くらいかと思われるが、巨大な樟が邸内に曲りくねってそびえ立ち、伐り拓かれた山の主が追いつめられた果に、かっと目をみひらいて一歩も動かないとでもいうような、迫力である。

前住者が云っていた。

「きっと興味を持たれますよ。あの界隈に、昔が残ったような一画があって、何か、人ではない何かが、棲んでいるような気配があるんです」

その言葉が気になって、それとなく探し歩いていたら、なるほどそれらしき場所にゆき当った。見るからに曰くありげな朽ち果てた一画で、通る度に破れた生垣の間からひそかに眺めるのだが、蔦は絡み合いうねり上り、庭の八重葎は猛々しく繁るに任せ、昔は立派な庭園だったかもしれない樹木が、蔦の下のかしこにうかがえる。しかもその一隅、軒のなだれ落ちたような庇の内に、小さな小さな灯りが小暗く灯っているのを見ることがある。

源氏の時代の姫が、千年の時を停めて樹々や蔦の類をつれ、そのままあそこにひとりいるのではないかと想像をかきたてられる。姫ではなくて、千年くらいの年を経た媼かと思ったりするけれども、生きている営みがたしかにあって、いかなる人やらんと気にかかってならない。

あのただならぬ濃密な気配はいったい何だろう。装いを凝らした建物がまわりにある中に、現代も近代も絶対に受けつけない時間が、樹の姿を借り、草の姿を借りてあそこで呼吸しているのだと思いながら、わたしは夜明け近くまで起きていたりする。

（一九九五年六月一日）

独楽

水俣と薩摩境の山峡に、布計《ふけ》金山というのがあって、廃坑になっていたが、最近新しい鉱脈が見つかって復活したと聞く。その新しい有様は知らないが、廃坑の跡へは三度くらい行ったことがある。

一度目は終戦後三年目くらいであったろうか、わたしは赤んぼを綿入れネンネコでおんぶしていた。近所の女衆に誘われて、この山間一帯に闇米を探しに通っていたのである。

鰯を持ってゆき米と替えてもらうのだが、鰯は隣りの小母さんが、丸島市場から仕入れて来た。四斗樽に塩水を張ってとれたての鰯をわっと漬けこむ。姿よくひきしまったのを、翌朝早く揚げて水切りする。雫がまだ洩れるのを藤蔓で編んだ籠などにぎっしりつめて、山野線というローカルの汽車に乗る。たった二輌の車輌は、そういう荷を持った女房たちでいっぱいだった。

終戦前後、わたしのまわりの農家でも、米は「政府に供出」して、自家用もこと欠いていた。あそこの家ではうまく隠しているにちがいないなどという噂もあったけれども、見渡したところ蔵も持たない五反前後の百姓ばかり、天井に隠すにしても、屋根裏のゆとりのありそうな家はいくらもなかった。水俣の鰯と交換されて大口方面から運ばれる米は、自家用にあてるだけでなく、町の飲食店の裏口に持ってゆくと、配給米の四倍くらいの値段で引き取ってくれるとのことであった。

山峡の駅をいくつか通り抜けてゆく。女衆たちは今日はこの駅、明日はあの駅と、降り甲斐のある駅を思案したり、語り合ったりしている。お互い情報を交換して、誰もまだ入りこんだことのない村を探しているのである。

わたしの台所の米櫃の中までよく知っていた隣りの木戸さんは、こう言って私を誘い出した。

「道子さんな、世間知らずなあ。食べてゆけんばい。よかよか、わたしが教ゆる。鰯持って、ついて来ればよか」

小母さんの張り切りようにもかかわらず、わたしはその方面の無能ぶりを発揮してやまなかった。彼女が農家へ入って鰯を米に替える間、わたしは沢の赤蟹に気をとられたり、桜島大根の畑に出会って仰天したりしているのだった。大声で探しに来た彼女に、水俣では見たことのない小さな朱色の蟹のことや、桜島大根を包みこんでいる土の色などについて、息はずませて報告すると、小母さんは、つくづくわたしの顔をうち眺めて言うのだった。

「こりゃ、とんと、商売にゃ向かんなあ。その鰯、こっちにやんなっせ。捌いて来てやるけん。腐らかして戻るわけにゃゆかん」

小一時間もすると、小母さんはどういう魔術を使ったか、鰯のはいっていた籠に米の袋を詰めて来るのである。

小母さんはなんとか商いの初歩を叩きこもうと考えたのか、「ちっとは覚えなっせ」と言いながら、ネンネコの袖を引っぱって農家の中に連れこんでゆく。

そこに展開していた農家の暮しぶりをいまだに忘れない。土間があり、すぐに囲炉裏があった。煙の立ちこめた下をくぐってみると、囲炉裏の番をしているお爺さんがいた。そこまでは当時のわたしの実家や近所とたいして変らなかった。

おどろいたのは、畳がないか、あっても床板の上に剥ぎ上げられ、片隅に立てかけられていることだった。当然、床板の隙間から真冬の風が吹き上がる。囲炉裏には自在鉤が吊され、鉄の片手鍋がかけてあった。

こう書けば、今ばやりの民俗資料館の片隅にしつらえられた小綺麗な「昔の農家」が思い浮かぶであろうが、まったくちがう。第一土間の様子がちがう。わたしの家もそうだったが、土間というものは、開け放された戸口からは客も来るが、鶏たちや近所の犬猫も駈けこんで来る。床下の尻の切れた藁草履の間に鶏の糞があったり、羽根が吹き寄せられていたりする。蜘蛛の巣が古下駄に張られていることもある。

今でも不思議に思うが、どうして土間というのは、あんなにでこぼこしていたのだろう。雨の日の土足が、外からでこぼこの素を運んでいたのだろうか。正月や男の子女の子の節句、田植え時、春秋の彼岸、お盆等々、人さまの出入りがある時は、念入りに掃き清め、立ち鍬を持って来てでこぼこを直したりするけれども、おおむねその家が在る間、波状のでこぼこはあの無意識の親愛とでもいうものを、足の裏に感じさせていた。

私たちがはいりこんだその家の床の下には、割れかけの鍋だのスコップだのが突っこんであった。戦時中の供出をまぬがれた割れ鍋は、修繕して使うつもりかもしれない。破れ紙をくっつけた手作りの凧の骨組みが、芽の出たじゃがいもの上に乗っかっている。

今思い出してみても、何と多目的の土間だったろう。南九州貧農地帯の納屋まがいの住居などとは言いたくない。

囲炉裏には鍋のほか、お釜も据えてあった。黄土で塗り固めた分厚い縁には幾筋もひびがはいり、その上に竹の茶碗籠が乗っていた。箸もしゃもじも、飯碗、汁碗、皿小鉢も、みんなその籠に盛りあげてある。炊事は全部、この囲炉裏でするらしい。

火の番をしていたお爺さんが、鍋の蓋をとってすいとんの味を見るところだった。囲炉裏のぐるりは灰だらけだった。キジ猫が身半分《みはんぶん》、灰の中にもぐっていて、火吹き竹をころがしたのである。

「来やんしたか」

お爺さんは赤い目をしばたたいてそう言った。

「寒うなったなあ、爺やん」

木戸の小母さんは火の方へ両手をかざし、ばしばし荒れた手の甲をこすった。

「あーら、ちょうど煮えよるなあ、道子さん、どれ」

小母さんはわたしの籠から、ゆうべ塩水に漬けて綺麗に仕上った真鰯を五、六匹摑み出すと、ぽとり、ぽとりと一匹ずつ、煮立っている鍋の中に入れた。そしてその手順の続きのように、老人の手から、漏斗の形に竹で作ったお玉杓子を取ると、かたわらの小皿に汁を汲んで味をみた。そしてそのまま小皿をさし出し、老人にすすめた。

「ああよか味。なあ爺やん、新しか鰯じゃもん」

老人は表情を動かさずにうなづいた。

沸騰している鍋の縁と蓋に、煮物の粕がこびりついている。二日や三日の汚れではない。よっぽど井戸が遠いのか、それとも女房たちにゆとりがないのにちがいない。垢切れだらけの手や、立ったり座ったりする時の腰のゆがみをわたしは想った。老人は首を廻して言った。

「婆さんたちがあしこに、居っど」

あしこを、木戸さんは知っているのだろう。牛小屋の向うだろうか。わたしはむずかる赤児をネンネコからおろし、どぎまぎしながらおしめを替えた。今に家族の人たちが帰って来やしないか。お爺さんが声をかけてきた。

「いくつな。男ん子じゃあな」

「三つです。すみません、おしめひろげて、ご時分どきに」

「なんの。うちにも、わらわら居っど」

木戸さんは両手にぎっしり米袋を下げて来た。子供たちの声がして、その後からついてくる。蔵があるとも見えない家だった。

その日は早く捌け、「布計金山見て帰ろ」ということになった。あとの一組と併せ、四人だったろうか。

坑口のあたりも、坑夫長屋のあとも、枯れ草の繁るにまかせ、無人の山峡一帯はもの寂しい夕暮れだった。

「おとろしかなあ。だあれも居らん」

みんなの気持ちを言うように、一人がそっと声を出した。

「ただの穴とは思えん」

「人、呑んだろうけん」

「昔は賑わいよったちゅうよ」

わたしたちはひと塊りになって、枯れ草の上をこわごわ往き来した。割れた徳利や皿のかけらが落ちていた。一人一人、何か拾い、振り払うようにしてもとに戻した。

「持たん、持たん。ひっつくよ、魂の」

わたしはよっぽど喧嘩させたような独楽を拾った。芯がなかった。少し見てすぐに蓬草の上に置いた。木戸の小母さんがきびしい声で言った。

「戻ろ。振り返らんよ、追うて来らす」


（一九九五年八月一日）

原初《はじまり》の音

大倉正之助さんは、わが家に着くなり、大鼓《おおつづみ》の手入れをはじめた。

この大鼓、肩に乗せてポンポンとやるのとは、かなりちがう鋭い、乾いた音を出す。何の皮だろうと調べてみたら、馬の皮とある。

鹿児島空港に迎えに行った時、ロビーの曲り角に中かがみになり、黒い小じんまりしたケースに手をのばしていた大倉さんを見た。大鼓だと思い、目から鱗が落ちる気がした。大きな白いリュックに入れ、大事の楽器を背中にしょってあらわれるかとばかり思っていたのである。

何で読んだのだったか、お花の安達瞳子さんの文章の中に、「彼は背中に大鼓をしょってやって来た」というような一行があったもので、そんなイメージを持ったのだろう。考えてみれば外からの衝撃に無防備なリュックに入れて、旅行するはずはない。

一緒に行ってくれた〝紙漉き屋さんのジュンペイくん〟が、鼓の手入れをしっかり見ていたところによると、スーツケースの中には解体された胴と面が入れられていて、大倉さんはそれをとり出して組み立てドライヤーでぬるそうな風を当てて丁寧に暖めていたという。

能楽の辞典には、馬皮の面は牛皮の大鼓にくらべあんまり強くないとある。使いなれてよい音が出る頃になると、破れるのが近いと大倉さんが言った。

それにしてもこの人の演奏ぶりはただごとではない。物心ついた時にはもうこの楽器にふれていたそうだが、いま十六代目になっている能楽の家の伝統というものは、こんなに底力があるものかと感嘆させられる。掌にさわらせてもらった人たちがいた。鋼と思ったそうだ。威厳にみちた野性の咆哮を聴くようなかけ声を聞きながら目頭が熱くなった。

水俣湾、チッソ排水口寄りの埋め立て地。

天草島の彼方に陽が沈みかけていた。水銀ヘドロの埋蔵された曰くつきの爆心地である。県と国とで埋め立て、五十八ヘクタールに及ぶぼう大な土地が出現した。

市民の中には、遊ばせておくのはもったいない、すぐ目の先にある恋路島に橋をかけ、ディズニーランド風にして観光客を呼びこめば、水俣市のイメージも上り銭を生む土地になるではないか、という人びともいる。

その地先を親水護岸風にした一帯に、大鼓の音が響き渡ったのである。

『本願の会』というのを発足させた患者有志と若干の支援者たちが集った。大鼓というものを、はじめて聴く人が多かった。

「世界がはじまるような、魂がめざめるような」演奏だと評したのは、友人の若い坊さまだった。彼は自分の位相の不可解さに悩んでいるので、たぶんこの時ひょいと脱魂して、あらたな「世界のはじまり」に立ち会ったのかもしれなかった。

鼓を打つ、ただひたすらに打つ、と言えば単調な音が想像されようが、石のようにねむった魂をも目ざめさせるような音だったのである。

『本願の会』というのは緒方正人さんが書いた「本願の書」に由来している。水俣病の申請を自ら取り消し、運動仲間から、異端視されている人である。この人の過去がいかに凄絶なものであるか、ほんの僅かばかりうかがい知るのみだが、演奏が終ったあと、口ごもりながら言った。

「意味ちゅうもんがですねえ、全部解体するちゅうこつば感じたですねぇ……聴いとれば。」

世界のはじまりと感じた僧侶と、通底しあう言葉だった。後日逢ったら、おおっというように頭をあげてこう言った。

「言葉の無かちゅうとがですねぇ……うーん」

そしてそのまま、深甚な面もちで歩いて往った。

「本願の会」を形つくっている患者さんは、哲学者タイプで、たいそう魅力的である。百姓かたがた猪を飼っていたり、漁師であったりする。猪を自分の家に接した裏山に遊びに来させ、もとの豚小屋に入って来るような仕かけを造って捕える方法を聞いたことがある。会長の田上義春さんである。

この人は今、ぶっ倒れて入院しているが、彼の捕獲法によると、猪は何の抵抗感もなく豚の居なくなった小屋に遊びに来て居ついてしまい、後から来る猪とペアになって仔を産む。その仔はこの夫婦にミルクを飲ませてもらって、段々畠について来るようになるのである。しかしこれは淡いメルヘンでもなく電子音楽つき牧歌でもない。すべて綿密に練りあげられたリハビリテーションの一点景にすぎない。

根治せぬ水銀中毒と、医者たちも舌を巻く緻密な実行計画の中途で倒れ、口もよく利けないこの人をなお中心にして、この会は若々しいと言ってよい。かのジュンペイくんなどがおおいに働いているし、患者さんたちが常に思考の境域を越える人だからである。

柱になっている人びとは、一人一人、時代の極相を荷い続け、ゆくべき地平の意味を読みとろうとしているかにみえる。そして魂のよみがえりを地上に記すために、埋立地に野仏を置くことをきめたのだが、わからない、わからないという声もたくさんある。闘いを捨てたのか水俣病患者は、というわけである。

どのように苛烈な条件のもとで闘われた長い歳月であったことか。わたしもこの人たちのまわりで年をとった。人間の心はこんなにも深いのかと毎日毎日目ざめて、年齢というものが昇華される思いでいる。哲学とか思想というものは生身のいとなみに宿り、蓄積されて閾値を超えると詩になるのだと、このごろ気づく。わたしの知っている患者さんたちは今、詩を生きているのではなかろうか。

伝統音曲に興味をもつようになった。わたしの表現の中にそれが遠くインプットされているのに気づいたのは、記録映画の友人がつくってみせた人形浄瑠璃『曽根崎心中』だった。お初と徳兵衛がいよいよ最後の道行きにかかるところで梵鐘が鳴る。それをきっかけに名場面が始まる。

〽七つの鐘が六つ鳴りて　あだしが原の道の霜

はたはたはたというような低い大鼓の音が梅田の橋の下の川波を思わせながら三味線がからまり、このあたりからいちじるしく宗教性をおびて圧倒的な高まりを見せる。

浄化という言葉がぴったりくる。血しぶきも、三味も大鼓も義太夫の声も一体となってカタルシスを呼びこみ浄化される。こういう質の高い宗教音楽が日本にあったのかと思った。

水俣の霊たちを鎮めるにはどういう音楽がよかろう。讃美歌も美しいが似合わない。地霊と稲妻の結婚のような、それをさらに絶ち切って、万物をめざめさせる気高い音はないか。考え続けているうち、大倉正之助さんの大鼓に出逢った。ただちに来演を乞うた。埋立地の日没と、翌早朝、日の出に向かって演奏するはずが、朝ははげしい雷鳴となり、水俣病センター相思社の仏前に変更された。荘厳というにつきる気合のこもった演奏だった。

（一九九五年十月一日）

船のまぼろし

鬢の毛のほつれている耳朶に生毛が光っていた。

ゆたかな頰が目に浮かぶ。若い頃の母の面影を思い出そうとすればまず、間近に光る鬢の毛が目に浮かぶ。おんぶされていて目に入る角度からの、たぶんまだ若かりし頃のおとがいから、頰にかけての膚のきめである。

写真でみると、若い母は大正ハイカラ庇髪に結ってずいぶん愛らしいが、幼児には母親の顔の美醜のことはわからない。鬢の毛の風情というものは、頰がふっくりしているほど憂わしげな印象を残す。

一つちがいの弟が生まれたので、おんぶしてもらったのは二歳ぐらいまでだったろうか。まぶたに灼きついている鬢のぐあいの印象するものは何だったろう。

最近とみに、母という人はどういう一生を送ったのかとしきりに思う。記憶を溯ろうとすれば、いちばん若い時代の母と想えるのは、鬢のほつれにゆきつくのである。
躰は大柄だった。気持ちがじつにのびやかで、邪念のない人だった。
実母の発狂や家の倒産や、父親が外に「権妻さん」を囲うなどということがあった。そちらに生まれた異母弟妹の面倒を、じつにまめまめと親身に世話をやいた。気持のやさしい人たちで、わたしもずいぶんこの二人に可愛がられた。家に住みこんでいる人数だけでも、常に二十人くらいいた職人さんたちから、「ねえさん、ねえさん」と慕われていたが、あの性格はどこから来たのだろう。そのまた母親つまりわたしの祖母は、夫の浮気が原因だけとは思えないが、発狂するほどだったから、よっぽど思いつめるたちの人で、狂わない前はどういう人柄だったのだろう。

　織りの名人で極端な人見知りだったそうだ。山の方の村から来る職人修業の人たちが、里芋なんかを持ってくるとたいそう喜んで、それは見事に自分で編みあげた藁づとに、月日貝だの蛤だのをぎっしり入れて、お返ししたそうである。天草生まれのこの祖母にとって、片側が赤、片側が黄色い殻をした掌大の大きな美しい月日貝というのは、上等のおくりもので、山の人たちがよろこびそうだと思ってのことだったろう。

「山の方では、椎茸じゃの、初茸じゃの、んべじゃのしか、さしあぐるものありまっせん、季節になればお家に持って参じます。心待ちしとると、おもかさまから、ぎっしり重か藁づとの返って来よりましたもん。馬車がことづかって来よったですよ。梅戸港から、ここの奥の布計金山に、そん頃は馬車の通いよりましたけん、ことづかった女衆たちの集まって眺めて、こういう美しか藁づと編む人はどういう人じゃろと、云いおりましたばい、赤うに焼きあげた大海老ば幾組も藁で編みあげて、とどくこともありました」

若い時の祖母を知る老いた石割り職人が、目を細めてそう語って聞かせたことがあった。その頃わたしは二十くらいで、今は廃止された山野線の線路ぎわの小さな駅で降りて、葛渡小学校というのに一年ばかり勤めたことがある。その人の家は駅のそばの石塔屋さんだったが今もあるかどうか。家の裏側の下には水俣川の上流、葛渡川が流れていた。そしてここの上流に、わが家の石山があったそうだ。

汽車におくれたりして、この職人さんの家をのぞいてみることがあった。石塔屋さんというと、道端に石材が並べてあるのですぐわかる。それでなくとも石にノミを当てて切ったり彫ったりする音が、カッチン、カッチンと一定のリズムをもって鳴っているので、そんな石切りノミの音の中で育ったわたしだものだから、呼び寄せられるように足がむく。その人はノミを持つ手をやすめ、向う鉢巻にした茶色いタオルとシャツの袖で、石の粉にまみれた頬を拭いあげて一と息つくと、川の上流の方を指さしながらこうも云った。

「おうちのおもかさまは、ああいうことで、見る影もなかごつならしたが、儂や若か時、あそこの先の渕で、水浴びしようらす後姿、拝んだことのあるですもん。そりゃ白か、美しか躰しとらして」

その話を聞いたとき、祖母は「見る影もなか」哀れな姿になり果てて、「白か美しか」裸身のおもかげはどこにもなかった。

「ものはあんまり云わん遠慮ぶかか人じゃったが、細ごま気のつく人で、ようして貰いよりました」

死ぬ四、五年くらい前まで、近くの田んぼの間の流れ川で、「水浴びしようらす、危かですばい」と近所の人が教えにくることがあった。大急ぎで走ってゆくのだが、小さな石橋の脇に着物を畳んで、田んぼの取り入れ口めいた石の段に腰かけ、水に漬かっている。

どういうわけだか風呂に入るのを好まなかった。入れる時は二人がかり、三人がかりで入れるものだから、大騒動になる。よっぽどなにか、風呂にまつわるいやなことがあったにちがいない。

目は見えないのに、水の匂いを嗅ぎわけてゆくのだろうか。秋のはじめの、稲の穂が色づきはじめて風にゆれるかたわらで、老いた狂女の沐浴姿というものは、まことに無惨というほかなく、わたしはおろおろと持参のタオルで躰を拭いてやるのだが、祖母の膚はところどころ地図を描いたように鬱血してそのくせ、むやみにやわらしかった。

盲目の身でうねうねとした稲の間の道をゆく。どういうふうな地図が頭の中にあったのだろう。

季節はたぶん、嗅ぎとっていたにちがいない。

「田んぼの道をゆくときは、稲の穂こすり落さんようにゆき申せよ」

小さなわたしにそう云っていたのだったから。

「畦、踏み壊《く》やさんように、身を軽うしてな」

かすれた声というのか、涼しげな声紋がまだわずかに残っていうのが優しかった。孫、という認識もあったのだ。

杖だけは手離さなかった。いつも水路にそって歩いていたのかもしれない。水の深さを計っているのを見たことはない。着物を脱ぎ、水に入りはじめの時も見たことはない。誰もそばにいないと思って脱いでいたのだろうか。足を入れる力石のあり場所を、杖で探してからはいったのだろうか。

どんな景色が思い浮かんで、身体をそこにひたしていたのか。水路の地図は嗅覚と、足のうらになんとなくあったろう。まったくの暗黒といえないまでも、見えないのである。足をかけた力石が、落ちないとは限らない。そこはふだん、村の女衆たちが、洗濯にくる場所でもあった。そういう時刻には祖母はゆかなかった。

たまたま通りかかって声をかける人や子供がいると、祖母は胸元をおおいながらよく尋ねたという。

「港に、大きな船の、はいっとりゃーし、申しまっせんじゃろか」

「船なあ、大きな船は見当りまっせんがなあ」

と答える。狂女はさしうつむいて、ひとりごとになる。

「もうじき、来る筈なるばって」

一度総毛立って落ちたような髪をしていた。鬢のほつれがことに荒りょうと見えた。

「気の毒じゃったばい。船ば待っとりよらしたっじゃなあ、いつも」

わたしの幼な友だちは、今もそう云って気の毒がる。田んぼの水路は海に近かった。大潮のときは水門を越えて汐が来た。祖母は汐の来るのを嗅ぎあてて、そちらの方へ向かって、盲杖を進めていたのかもしれない。汐の運んでくる灰汁のようなのが、満ちてくる水の表に浮いていることがあった。

祖母のうつむいている面影に、母のまなざしがそっくり、と思うことがあった。あの天衣無縫が、やっぱり思いつめていたのである。


（一九九五年十二月一日）

草摘み

正月すぎから、雑炊やお粥にこだわっていろいろ試みている。

わたしの仕事部屋はことのほか寒く、暮れに幅の広い石油ストーブを買って暖かくなったのだが、この火を利用しなければもったいない。とは言っても、仕事の時間を削りたくないので料理に手間はかけられない。ことこと時間をかけて煮こめば出来上り、という式のものが多くなった。

野菜をいろいろ刻みこんだ雑炊を作る。おだしも昆布のほかは長く煮込む。ダシジャコや厚めの削り鰹などを鍋に入れて、読んだり書いたりしているうち、背中が暖まりすぎてあっと振り返ると、ストーブの上で濃い目のおだしがとれているという寸法である。

里芋とか山芋、ほんとうの山の芋はめったに手に入らないので、丸い形の栽培種を主にした粥もときどき作る。芥川龍之介の作品の表題になっているれいの『芋粥』は、どんな種類の芋を炊きこんだ粥なのだろうか。

粥のおいしさは何といっても米の味にある。ごはんのぬめりを洗って、さっと仕上げ、さらりと頂く茶粥風がよいという人もいる。あれはちょっとだけ噛んで、ご飯の粒々が咽喉をかすって胃に落ちる感じが、酒のあとなどにはよろしいのかもしれない。

どちらかというとわたしは、米から七倍くらいの水加減にしてトロ火で炊きはじめ、吹きこぼれないよう時間をかけて、米の一粒一粒が透明になり、水と米との区別がないような、咽喉ごしのつるりとした熱々の粥がよい。鮮度のよい干エビと米とを胡麻油でいためて、干し帆立をだしにした中華風のとろとろ粥を、雪の降る窓を眺めて食べながら、父母を想うことしきりである。二人とも粥が好きだった。ことにも七草の粥には思いが深いが、このところまだ、材料が手に入らない。正月すぎのスーパーの広告で見かけたが、締切りに追われてすぐには行けず、もうなかろうと思いながら三日ばかりして行ってみた。黄色くなったひょろひょろの大根葉に、糸みたいに細い芹などを交ぜた束が、いくつもしなびて積んであった。買う気が失せたが、考えてみると、近頃の正月七日は太陽暦である。

昔から歌によまれ、物語にもあるその日は、旧暦で数えたものだった。暦を繰ってたしかめてみたところ、七草の日は二月の二十五日で、まだひと月も先のことである。道理で芹が糸のように細いはずだ。こんな稚ない葉っぱと茎を、雑草の中からみつけて摘むのは、さぞ冷たかったであろう。あとひと月も経てば、芹は芹らしく、なずなはなずならしく育つであろうに、店の広告のために七草用の大根葉が栽培されているのかもしれない。

　二月も末になれば、大根の原種のようなくろぐろとしたすずしろが、田の畦や川土手に葉を張って、小さな嫁菜もつやつや群生しながら芽立ってくる。この頃の若菜はさっと茹でると色も冴えて、ことのほか香りが高い。畠の栽培ではない野草の芽を摘んで粥に入れることを、誰が最初にはじめたのだろうか。梅干しを入れて炊いた白粥の仕上りに、刻んだ摘み草を一度に入れ手早くまぜる。野草の色がさっとあざやかに変り、同時にえもいえぬ香りが渾然と立つ。清浄な色である。

　気品のある食べ物である。湯気の立っているのを、いそいで神棚に供えたものだった。今のように栄養過多の食事をしなかった頃で、七草の粥を押し頂いて口に運ぶと、天地の間の滋味をここに揃えて頂くという気がしていた。

　上古の頃、草摘みは、遠くにある人の無事と帰還を神に祈る予祝の行ないであり、魂のゆき来を信じる占いであったと、漢字学の碩学白川静先生はいわれる。わが万葉の防守歌によく似た民謡が『詩経』にあるのを引いて、先生は、時の政治状況によってひき離される兵士と妻とのやりとりを漢字の生まれた由来から説いてよみがえらせてくださるのだが、昨日のことは古くさいこととして捨て去ってしまう今の時代に、芹やごぎょうやすずしろが、かの遠い世からの変わらぬ姿で、毎年野辺や川辺に芽立ってくれるのは救いだった。ところが例年それをたしかめにゆくわたしの草摘み場所が、徐々になくなって来たのである。

七草のうちなずなは、草の生えそうなところであれば、所かまわず生えて、夏ともなればびっしり穂をつけて、ぺんぺん草になるのだが、芹や嫁菜は、場所を選んで生えてくる。芹は浅い水が少し流れてさえいれば、どんなに細い溝でも育つのだが、この三、四年、田んぼ溝の三面コンクリート化で消えてしまった。

ここいらには、二十分も歩けば市街の縁に農家があって、野道も田もまだ僅かに残っている。前に通ったときは稲の刈株を目にしたのに、次に行くともう昨日植えたような早苗田に水が張られて、はっとすることがある。閉じこもっている間に、頭の中から季節が逃げ出していたのだとよく思う。

去年、よく通る湿田の溝のほとりに、道路整備機械が出現した。いよいよ来たなとわたしは思った。大きな掘鑿機で、ざっくざっくと溝の土を掘り起していたので、胸が痛くなって立ち止まったが、よそさまの田んぼなのだし、あまり米もよくは穫れなさそうだったしと、考えこみながら帰ったことだった。

けれどもそこの縁には色つやのよい嫁菜が一メートルばかりぎっしり群生していて、水の近くに芹も生えていた。いつ摘もうか、も少し伸びてからにしようかと、通るたびに目の保養をしいしい、年一回の摘める日をたのしみにしていた。

そこら一帯は、まだ村の面影を留めている市街地のはずれで、豊かな湧き水で犬や小型自動車やオートバイを洗っている人を見かけることもあった。昔は牛馬を洗っていただろう。無数の水の筋が張りめぐらされているこの辺りを通り、水辺の草を目にすると、わたしは元気になっていた。

暮れに通ってみたら案の定、あの道までも溝ごと全部舗装されていた。草が密生していた所だったが、もうその面影もない。複雑な気持である。

田んぼの主の事情、農業組合の事情、いろいろあったろう。自分では耕さないでいて野草礼讃などいい気なものだ、といわれそうな気がする。これでもしかし、若いうちは実家の田んぼをやっていた。牛も豚も山羊も兎も養っていた。米作りも麦仕納も、粟も蕎麦も取入れまでやれるが、悲しいかな、わたしはもともと田も畠も持たない。

田畠のぐるりに草を繁らせておくのは、百姓の恥だと昔は言っていた。遠目にも、畠のぐるりが刈りこまれて美しくなっているかどうかで、日頃の手入れぶりがわかっていたものだ。少々腰が疼いても、草だけは這うようにして刈り取ったものである。草は牛馬や豚の飼料になり、足元に敷いてやって、それはまたよい堆肥にもなった。

農家からまぐさの匂いが消えて久しい。ほんとうに骨が軋るような女たちのあの労力は、いくらか軽減されたのだろう。農道が舗装されてその上を、あれはトラクターというのか、ミニ戦車みたいな車に乗った若夫婦をたまに見る。奥さんの方が運転していることもある。庇の深い花柄の布帽子をかぶった中年の主婦が、そうした農業機械を操っているのに出逢うと、自分にはとても出来そうになくて、お辞儀をしたくなる。農村はたしかに変ったのだろう。昔のあの辛苦を体験する必要はない。

嫁不足どころか、跡継ぎ息子までが出てゆく農村で、働き甲斐のある農業が模索されているのはもっともである。わたしの身近でも、年をくった百姓の友人になかなか嫁さんがみつからず、やきもきしていたところ、やっと理想的な相手をみつけてきて、近来になく嬉しい出来ごとだった。

そんなことをいろいろ想ってみるけれども、やっぱり、野草の減ってゆく山野のことが悪い予兆に思えてしかたがない。野草を食べずとも、外国野菜も含めて種々の野菜がいっぱい、スーパーの柵に光っているというのに。

（一九九六年二月一日）

眼鏡橋

鹿児島市の眼鏡橋が取りこわされるというニュースをテレビで見た。

反対運動をしてきた人たちが、橋の全容を拓本にとって残す作業を始めている。その中には、和紙で覆った橋石を抱くようにして、橋への親愛を洩らす若い婦人もいた。たしか「石のぬくもりがなつかしい」というような言葉だった。

一昨年（一九九四年）の大洪水で流されて、根石だけが残っているもうひとつの眼鏡橋も映し出された。えぐられた無残な根石を見ていると、婦人の言葉がその石に重なってきて、胸つかれた。石工のいる家に育ったもので、石橋の行末は人ごとならず気にかかるのである。

行政に対する保存要請の文書に名を連らねてほしいという呼びかけが、わたしのところにも来ていたが、開封するのがおくれて間に合わなかった。よほど急々にそのことも決まったのであろう。こういう運動は大方の人びとの心をとらえるのが大事で、そのためには時間もかかり、さぞかし大変だろうと身につまされたことだった。
石のぬくもり、ということを実感できる人が、わたしたちのまわりから減っている。今度壊される眼鏡橋は弘化年間にできて、百五十年の間、その上を人や馬が通り、風雨にさらされ、時代の変遷を見つめてきた。橋にかかわってきた人びとの思いの多様さ、失われた眸の色を、わたしは想った。

流された橋の露出している根石の画像を見ながら、心が騒いだ。このたび撤去される最後のひとつも含めて、甲突川にかかっていた五つの橋は、肥後の石工岩永三五郎が棟梁となって仕上げたアーチ型の石橋である。まだちょん髷であった石工たちの腰の構えはどんなだったろう。筋くれた手に握られたのみの下から、どんなふうに火花が散ったろう。わたしはその一切を克明に思い出したい。甲突川は、当時どういうたたずまいだったのだろうか。肥後の眼鏡橋の集中している地帯とちがって、シラス台地を流れている川らしい。石はどこから切り出されたのだろう。

後世に遺す事業となれば、架橋する川岸の地質もよく吟味されたにちがいない。三五郎は上流に木を植えるように指示したそうであるが、自分が架けた橋の行く末が、よほど気にかかっていたのだろう。

ぬくもりを持った石があちこちから集められ、組み合わされて橋になる。近代文明と技術ということを考えるとき、石橋造りの技術というのは、もっとも基層的で結晶度が高い作品だったと思う。多連アーチ型の石橋が蛇行する川の要を占めていたことは、治山治水の要を象徴していたのではなかったか。

多くの眼鏡橋をもつ熊本の御船町で数年前、大切に思っていた一つが大水で崩れ去った。流域住民はその夜の地ひびきが忘れられないと、悲しみをこめていう。

復元の話はおおきな声にならなかった。

自治体はさっそくコンクリート橋にしたようだった。情ない気持で見に行って、しんそこがっくりした。やっぱり、あっちにもこっちにもある規格品のような橋だった。すぐそばに、落ちた橋の胸元にあたる大きな石壁が残っていた。近づいてつくづく眺めたが、崩れかけた石組みが遺跡めいて堂々としている。これがコンクリートの壊れたものだったら醜い残骸にすぎないだろう。どうしてこうちがうのかと思う。石の一つ一つが語りかけてくるのがコンクリートとちがう。

水辺には、じつに立派にしつらえた広い洗い場があって、それとセットになった眼鏡橋をわたしは大切に思っていた。石壁と洗い場が造られた昔の村に思いを馳せた。

うんと鄙びて人家も少なかったろうに、近郷近在から集まって百姓たちが人夫をつとめたのではないか。棟梁がいたとはいえ、橋は俺たちが架けたのだと人びとは思ったのではなかろうか。

落ちた橋のある御船町から、さらに山奥にはいれば有名な通潤橋があって、今も付近の稲田に水を配って働いているが、この橋の施行者である庄屋は水が通らない時は腹を切る覚悟だった。岩永三五郎は五つの眼鏡橋をかけ終えて薩摩境を人吉へ抜ける途中、藩の機密を洩らさないために斬り殺されたのだと、肥後の方へは伝わっている。

そこを調べるゆとりは今ないけれども、橋や水門の出来る時、人柱を立てたという話があちこちに残っているのはどうしてだろう。現代の橋もまた、洪水で多くの人命が犠牲になってから架け直されるわけだが、昔の人達が公益のために働く時は命がけだった。神の力をかりなければ出来ない難事業でもあったからだろう。

鹿児島の西田橋架け替えに反対する声は封殺されたらしい。自治体側の云い分は、都市化してゆく将来の道路事情にそなえ、もう古い石橋でもあるまい、ということのようである。古い物を新しくするのが近代化だ、という信仰が悪霊のように、日本人の頭にとりついたのは、明治の文明開化ごろからのような気がするけれども、ひどくなったのは、「列島改造」のかけ声以来だった。わたしには政治論などする資質はないが、海辺を歩き川辺を歩き、山々を見上げてつくづく悲しい。この変り果てた日本。

熊本御船の眼鏡橋が地鳴りを轟かせ大濁流に突き崩されたのも、上流の枝川という枝川がコンクリート三面張りの溝になって、川の遊ぶところをうばい、大雨が鉄砲水となって下流の石橋に襲いかかったのだとわたしは思う。橋の付近の家々にも被害が出た。経験したこともない大水だったそうである。

九州山地の尾根〳〵の、ちょっと高い所に往ってみると、よく見える。ぐるりの山という山はあちらにもこちらにも、巨大な爪跡をつけて山肌が崩れ落ちている。近づいてみると乱伐であったり、杉の間伐がゆきとどかずに谿間に倒れこんでいたりする。

里の人間も観光客もゆかないだろうそんな深山に、必ずあるのは廿字口つきの砂防ダムで、土砂がいっぱいつまり、素人目にも、山に保水力がなくなっているのがわかる。

そういう景色を見にゆくのに車に乗せてもらうわけだから、まことに複雑な気分におちいる。雨という雨を地表が吸収できないで洪水が多発しているのは、車社会に大罪ありと思うからである。

それにしても、よくまあ田舎の隅々、小島の隅々、山村の奥まで舗装してしまったものよと思う。奥まで入ると廃村の兆しがあって、ああこの近代への道が、小さな村の咽喉首をぶったぎり、胸を食い破って往ったのかと思う。畑道から田の畦、昔ならけもの道だった幅一尺たらずの山間の茨道まで、ほとほと溜息が出るくらい執念ぶかく見つけだして、コンクリートを乗っけている。

昔の山村漁村のくねくね道を往き来していた者たちの姿が思い浮かぶ。山坂道を登り下りするのに、胸の動悸と、足腰の痛みと汗を伴なわぬことはなかった。趣味や健康のために山坂を登ったり泥んこの畦道を散歩する者はいなかった。雨の日は用心しながら足を運ばないと危なかった。転べば着ているものが汚れてしまう道にみんな苦労していた。手ぶらで歩いている者はいなかった。肥桶を荷っているか、藷や大根や子供を背中にしていたり、粗朶を背負い、鍬やらナタやら鎌を握っていてうっかり転べば大怪我もしかねない。手ぶらで歩いていようものなら、村の目が注視して、たずねた。

「今日はどこゆきな。何事かありゃあせん？」

道が舗装されて、靴も草履も、女たちの裾も汚れなくなった。何だか足許がすっきり垢抜けして、一歩も二歩も、都会に近ずくような気分になったのだろうか。細いコンクリート道は家々までのびて、『昔の處女会』たちが、陽よけ帽をかぶってゲートボールや慰安旅行にゆく。『道の公役』からもきっと解放されたのである。

橋は、思いつめていた人びとの眸の色ごと、切って落とされるのだろう。

（一九九六年四月一日）

ビーという犬

この春、鳥の来るのがおそくて、熊本市の知りべたちとともにそのことを心配していた。なにしろ花は咲いたのにいつまでも鳥が来ない。朝早く目覚めて耳をすます。二、三羽くらい庭木の枝を行き来する羽音を聞き、幼ない鳴声でも聞こうものなら、ああよかったと安堵して胸をなでおろし、幸福な気分になって睡りなおす。今年ほど鳥の姿と鳴声に注意を払ったことはなかった。

いよいよ『沈黙の春』が来たかと、暗い気持ちになったのである。『沈黙の春』とは、もう亡くなってしまったアメリカの女性科学者レーチェル・カーソンの著書である。彼女は科学の異常な発達が、必ずしも人類に益するとは考えていなかった。なかんずく、これまで自然界に存在しなかった有機塩素系の物質が化学の手によって創り出されてしまったことを非常に憂慮していた。そしてその憂慮は的中した。

この著書を読んだのは水俣のことが世間に知れはじめた頃で、わたしはただならぬ胸さわぎを覚えた。なぜならその物質や構造式の中に、有機水銀もはいっていたからである。構造式といっても化学の力の字も知らないわたしには何のことやらわからなかったけれども、その物質の持っている性質とか組み合せの方式と云ってもよいであろう。

いま身近にあるものでは、白くなりすぎる洗剤などがある。二種類合わせて風呂場を洗ったりすると、毒ガスが発生して死ぬというので、近頃知られている。もっとも有名なのはベトナム戦で使われた枯れ葉剤で、ベトちゃん、ドクちゃんの、シャム双生児となってあらわれる。ベトナムの病院にゆけば、あまたのシャム双生児や脳の無い胎児がアルコール漬けになっているという。この枯れ葉剤の成分の調合を少し控えたものでまかり通っているのが農薬で、毒というべきを薬と詐称したのがいけなかった。

むかしわが家でも使ったことがあった。あちこちで「薬」を撒いて虫を駆除して、「逃げて来た虫がみんな、わが家の田んぼに集って来てしもうとる。はよ、うちも薬を撒かんことには、うちに来た虫どもがまた、よその田に広がるばい。薬撒かんとはうちばかり、よその田にうつらんうちにはよ、弘しゃん、撒いて下はり」

と母が「弘しゃん」に懇願するのであった。自分の田ではなし、百姓でもないのに頼まれて、ほとほと困りきったつれあいはそれでも老母の願いに根まけして、妹のつれあい（これも弘という名だが）と共に「薬撒き」を何年かやった。「撒かんでよか、毒じゃけん」とわたしはいうのだが、さりとて、田の草取りすらその頃わたしはできなかった。

父が元気な頃は、油のようなのを虫とりに使っていたけれども、あれは文献などにみる鯨の油でであったのだろうか。水面に、先のとがったブリキの筒を下げて、注入してゆくのである。長いゴム靴をはいていたが、はだしの脛に油がびっしりついているのをみた記憶もある。

あれで虫を殺せるのかとたずねると、油をさしてそれが稲の根元の水面に、ゆき渡った頃、竹箒の先で稲の先をゆらがせて、虫を油の中にはたき落すのだと云っていた。虫は油にまみれて呼吸ができない。

ずいぶん原始的なやり方で、並の労働ではなかったろう。大百姓でなかったのでやれたと思う。ごはん粒を粗末にすると火のように怒った気持もよくわかる。何しろ、子どもたちにも、「お米さま」と云わせていたのである。

さて、『沈黙の春』の有機塩素剤の話である。父はもう亡くなっていたが、わが家にダックスフントなる胴の長い丈のうんと低い黒い犬が来た。水俣病の患者さんで、大そう尊敬している田上義春という人がいる。

この人がある日、オットセイの子のようなつやつやした子犬を連れてきた。

「子の生まれましたもんで。お宅は、猫ばよう可愛いがらすで、犬の子もよかろと思うて、連れっ来ました。な、可愛がって貰えぞ」

子犬は家族みんなの顔を見上げて、尻尾をぴんぴん振っている。あまりの胴の長さに、みんなあっけにとられていたが、義春さんは大にこにこで帰られた。大事にしたのはいうまでもない。人懐こい犬で、家族の誰かが町にゆけばついてゆき、畑や田にゆけばそれは喜んでついて来た。

からいも畑の畝の間を走るのがことに大好きだった。そのことを義春さんに報告すると、「ダックスフントはだいたいは猟犬ですもん。藪くらじゃの、トンネルがかっとるところが好きちゅうか、そういうふうにつくられた種類ですもん。そっで、からいも畑の畝の窪みばみれば、走らずにはおれんとじゃなあ」

彼は目を細めて「そうかな」と肯いた。うちからさしあげた猫も可愛がってもらって、今は何というか、とんでもない大猫になって薩摩との県境を股にかけ、与太って歩いている。義春さんの家は県境近くの神ノ川にある。

子犬にはもう名がつけられていて「ビー」というのだった。呼びやすいので、近所の子たちからもビー、ビーと呼ばれ、あちこち飛んでまわってひとつの風景をつくり出していたのである。

またその頃十二、三軒ばかりだった集落に囲まれたミニ田園は、小川などを抱えていた。前面は川口に続く海になっており、後ろは丘になっているので、子どもたちと黒いダックスフントが一緒に飛んでまわる声は丘の畑の隅々にとどき、どの家からも聞くことができた。ビーをめぐる風景は、麦畑だったり、蓮華畑や菜の花の中だったり、水の光る田植え前の畦だったりした。

田植えの時、最初に田に入るのは代かきの馬である。田に入る前の祝いに、お神酒と米の団子をわざわざ馬用にこしらえて食べさせる。馬はあのやさしい眸を白黒させて酒を呑まさせられる。ビーもこの“神事”を察しておとなしく見上げているのだが、団子のときになると、あの躰でしきりに前脚をあげて吠えるのである。馬のお神酒というのは呑ませるのにひと騒動で、歯を食いしばり、首をふり、蹄で小きざみに土をかいて、たぶん嫌がっているとわたしには思えた。ビーはというと、心配そうに見上げてくんくん声をあげ、そのへんを歩きまわるのだが、団子がお膳に乗ってくると、我然元気になって立ち上るのである。

「あれまあ、自分も馬のつもりばい」

女衆たちは笑声をあげ、馬に食わせた残りを三つ、四つとビーに落としてやる。まるで曲芸の犬のように、地面に落ちる前に上手に咥えるので、まわりの者たちは、ほう、ほうもういっちょ、ほら、と喜んで、田植えのにぎわいがまず、馬と異形の犬のまわりからはじまる、という光景が四、五年も続いたろうか。

薬を撒けば、田の草とりをせんでよか、という話が伝わって、どこの田んぼでも試すようになった。例によってわが家がいつまでもそれをやらない。そして母が癌になった。

水俣病を支援に来た若者たちが、草とりに来たり、穫り入れをやってくれたりして助かった。母は寝てもさめても、田んぼのことばかりいう。百姓なら当然のことである。癌の自覚はまだなかったのだと思う。とうとう弘どのが薬を撒くことになった。顔や躰を防護してとりかかった。

稲の育ちぐあいは五十センチほどにもなっていたろうか。まだ花はついていなかった。一番草は何とか近所の方にも頼んで取っていたから二番草の時期でもあったろうか。株はしっかり大きくなり青々としていた。ビーは喜々として田んぼに飛びこんで行った。稲の株間は、ビーの大好きなトンネルになっている。

稲の葉先の盛んに波立ってゆくさまを眺め、わたしたちは、

「一人で撒くより、ビーが加勢してやるけん、淋しゅうなかろ」

などと云いながら、畝の間を行ったり来たりした。

「こら、まっぽし、鼻先来るな」

撒き手が叱っている。ビーは嬉しさのあまり、器具の鼻先に飛びついて来たりしたのであ

る。田んぼから上って様子がおかしくなった。ぴくぴく痙攣し続けて飲まず食わず、五日目に亡くなった。その時の悲しげな眸が忘れられない。人間に異常がなくてよかった。

（一九九六年六月一日）

源流

原初の生命までさかのぼらなくとも、前世は、魚の性ではなかったかとよく思う。

息子を育てている頃、つくづく思ったことだが、はいはいが出来、立ち、歩きをしはじめる前後の赤児というものは、水が大好きである。

外の日ざしが暑くなりかけた頃、日当りのよい庭に盥を出して水を張り、裸にしてその中にざぶんと坐らせると、一瞬、何事が起きたかという顔をするが、次にはもう、爆発するよろこびというのか、驚喜のあまり、水車に手足がさし出て狂いまわるかと思われるほど、全身で水を跳ね散らかし、歓声をあげてやまない。

よちよち歩きまわって、戸袋の間にビンの蓋をつめこんだり、縁から落ちたり、インクビンのインクを飲みそうになったり、百足《むかで》を摑みそうになったりして、目が離せないこの時期、洗濯するかたわら、もう一つの盥をすぐそばに置いて、わたしは赤児を、水に漬けておいて家事をしていた。これが一番安全だった。たいてい二時間くらいは盥の中から出て来ない。ずぶ濡れになって燥《はし》ゃぎに燥ゃいでいるのを見ていると、魚の子たちが躰をこすり合わせて水辺を游ぎまわるのにそっくりで、もとはやっぱり母子ともに、水の中にいたのだろう。

流れる川を見ていると、思わず知らずひき寄せられて、何ともいえず心が満たされ、すべてをゆだねて一緒に流れてゆきたくなるんですが、どうしてでしょうと年若い友人に最近たずねたら、

「いやあ、僕なんかもそうですよ。水を見ると、夏なんか飛びこみたくなるですよ。誰でもそうではないでしょうか」

とやや昂奮ぎみになってこの人もいう。というのも、もう一人、山の方の民俗にくわしい、これまた若い男性に連れられて、熊本の砥用《ともち》の奥の宮崎県境から始まる耳川を、下流まで連れて行ってもらったばかりで、お互い深山渓谷の気に当てられたというのか、憑かれてしまったというのか、はたから聞けばとんちんかんなことでもどんどん話しあって、解らないことでも、解ったつもりで、なかなかとまらない、という具合であった。とくにわたしが狐つき状態だった。

あれはいったいどういうことだったろう。

耳川へゆきたいゆきたいと思いはじめたのは、もう子供の頃だった。地図など特別入念に

見る子ではなかったのに、どういうものか、「耳の川」というのだけが生々しく、たいそう古代的に思え、折あるごとに、川への命名が、どうして〝耳〟なのだろうと川に名をつけた人々の気分を思っていたようである。

そしてとうとう、最近書いている小説の中に、耳川が出て来てしまった。行って見もしないうちにである。どうしても小説の終章で耳川にゆきたい。人物を行かせたい。それでなくともあの上流一帯には、秋のとり入れが済んだ頃には古い古い夜神楽があって、何かしら気分が下界とちがうらしい、ということぐらいは知っていた。幾晩も続く太鼓の響きをテープに取って送ってくれた人もいて、ともかくそのあたりは、人も山の気配の中から生まれ出て、外に出る例もあるかもしれないけれども、山の襞々の中に、深く深く隠れすんでいる魂たちがいるのではないか。その魂たちはふだんは当り前の人間になって付き合ってもくれるけれども、いまひとつ、何か神秘な、樹や苔の匂いを発散させている刻があるのではないか。と、わたしは思いを募らせていたのだった。

耳川が呼んでる、としきりに思うようになった。地図を指でたどり、拡大鏡で眺めると、最下流は、美々津である。この名がいかにもまた、古代風ではないか。友人二人が車で誘いにきてくれた。

民俗学のその人は江口司という方で、去年（一九九五年）なくなられた小野重朗先生の晩年の直弟子である。わたしは小野先生の南島歌謡のお仕事に深く傾倒しているので、お弟子の江口さんにただならず関心を持っている。この人、山とはすっかり一体感を持っていて、も一人の熊日新聞の高嶋青年によれば、

「江口さんが山に行きなはれば、熊が出て来て、道ば尋ねるそうですよ」

というほどのご仁である。

ああわたしは、ぜひとも、熊が出て来て江口さんに挨拶するところに居り合せたい、という願いを強く持った。熊はどういう仕草をするだろうか。

「おお、よかところで逢いもした、江口さん」と云って、両手をもみもみして、ちょっと頭を下げるのだろうか。善良でおとなしい記者さんは、その場面を写真にとれるだろうか。そういうときにカメラを持ち出すのは熊に対して失礼と思って、頭だけ下げて、カメラは後に隠し、控えめにしているかもしれない。背の高いこの人がそうするのなら、わたしも出しゃばってはいけない。

『どんぐりと山猫』のあの名場面のような出逢いがはじまるかもしれない。

どきどきしながら江口さんの車に乗せてもらった。何という車なのか、車のことはまるきりわたしにはわからないが、乗り口の高い車だった。どうして高かったのか、訳はあとからわかった。

熊本の市街地を離れて緑川ぞいにのぼり、砥用《ともち》に近づけば、石の眼鏡橋が多い。以前このあたりの眼鏡橋を、いくつも見せて下さった方がいて、二俣橋というのがとくに印象に残っていた。緑川の枝川が合流してぶつかる地点に向かい合って、二つの眼鏡橋がかかっている。二つの川の流量とか水の勢いを、積み上げた石の一つ一つにがっちりせきとめて、ゆるぎない橋脚に仕上げてあるのは壮観で、よほどに明晰な築橋技術があったにちがいない。

こういう石の橋にくらべて、今のコンクリート橋の、なんと心のこもっていないことか。

車を止めて三人とも、苔むした低い橋げたを見ながらしばらく行ったり来たりして、感心したことだった。二つの橋の横っちょをどう曲ったのか、今地図をとり出して眺めて見たら、川辺川の源流と耳川の源流とは県境の国見岳を支え合うようなぐあいに流れ出して私たちの車はその峠を越えたのであった。

曲りに曲ってゆく渓谷の、のぞけばなんとおそろしい絶壁つづきであることか。熊ならこんな目まいのしそうな千仞《じん》の谷を、平気で登り降りするのだろうか。多少牧歌的な気分であったのに恐ろしくなって、心はしんとなっているのだが、から元気で、植生のことなどを江口さんに尋ねる。

どこの峠だったのか、ブナの大木を教えてもらう。聞けば水俣の北薩摩寄りの大関山にもブナはあるそうで、大関山が南限だそうである。長い間、ブナの樹にあこがれていたが、思っていたよりも葉っぱが小さかった。屋久島で見た栂の木にも似ていた。

ここらあたり、ウドの自生地でもあるそうで、時季になるとウド採りに山入りする人が多いという。よっぽど山になれていないと、千仞の谷へまっさかさまである。事実、一年に二、三台、車が落ちて、発見がたいそうおくれるという。落ちても、あまりに深くて、上から見えそうもない。

熊と親しく逢うどころではなかった。こういうところを通って、車もない時代に五箇荘や椎葉へ隠れこんで住みついた人びとがいたというのは、よほどの事情を抱えてたどりついたのにちがいない。平家落人伝説というのも、このあたりに残っている民謡の古雅な文脈も、いかにも由緒ありげに思えたことだった。

ここが耳川の源流です、と車を止めてもらった山道の曲りめに、巾一メートルばかりのコンクリートU字溝があって雨期というのに水は流れていなかった。しばし茫然と三人とも萱藪の中に突っ立って川床を眺めるうち、そのコンクリート床の下を、風の音に似たしんしんという水音が聞える。

「水ですよね、これ、水の音ですよね」

かがみこんで確かめあう。チャチなコンクリートの下の表土が流れ去って、ごつごつした岩床の上に、橋のようなぐあいにU字溝が架かり、その下を岩清水がしんしんと流れているのだった。

椎葉は垢抜けた村だった。しかしほんとうに下流まで、耳川は村や町を寄せつけず、美々津にたどりついてやっと、川舟やら人家を僅かばかり抱き寄せ、いきなり太平洋の荒波の中に突入する。あっけにとられて、いまだに驚きがやまない。

緑色の水がゆたかにうねり、龍を思わせる川である。


(一九九六年八月一日)

片身の魚

デパートの裏で出口を探していた。

商品はなく、古びたショーケースなどが雑然と立てかけられている狭い通り抜け、やっと出口をみつけて外に出る。

するともうそこは、五十年くらい昔の、千葉県の山村の入り口だったが、ふつうの景色ではなかった。村の山の左半分はざっくりと削り取られ、山膚は粉をふいて青みをおびたコンクリートのもう古くなったような残骸にみえる。もちろん、その山の削りあとには草も木もない。そしてその壁面の下の広大な台地の真ん中あたりに、五十台ばかりのなんだか白っぽい車が寄り集っているのだが、夜の海にもみえる台地は、山の壁面と同じ色をして、幾重にも波うっている。色をなくした車たちは、ユーレイ車にみえる。不思議な景色だ、これはどういう意味だと思って見渡すと、削りとられた山の右半分の方は、まだ樹々も草も生きた色で、民家も点々と見えた。山坂道の木陰にある家々の中から、わたしの様子に気を配っている村人の息づかいを感じる。

羊歯の生えた岩の間に、登り口の民家がみえ、縁側のある庭におカミさんがこちらを向いて、腰に手を当て立っている。植え込みめいた低いツゲの木の前に朽ちかけた杭が立ち、白いペンキ塗りの横長の標示板がぶら下がっているけれども文字はない。ああこれは、ナゾかけというか、通る者を試している仕かけにちがいないが、「山」と云われたら、「海」とかいうのだろうか。何も書いてないので、おカミさんに頭を下げて尋ねた。

「今日は。あの、わたし、どこ行けばいいのかちっともわからないですけど、どこに行けばいいのだか、わからなくて、困っているんでございます。わたしのゆく道わからない」。

おカミさんは、なんだ、と拍子抜けした様子になった。そしてゆっくり云った。

「なんだ、オメ、自分の行ぐどごも、わがらねか」

聞いたことのあるような言葉づかいだ。

「おらほんなごで、自分の行ぐどごわからねで、困っているだに、助けてくれねべか」

わたしはほんとうに精神の足りないような、安心したような気持になっていつもとちがう言葉が出て来た。おカミさんはがっしりした躰つきでふつうの初老に見えるが、じつは山の精で、いずれ山姥になるにしても今はその前の段階にあり山の村に登ってくる者を試す役目であろうと推察された。精気に満ちている。白髪まじりでパーマはなく、硬そうな髪の質。五、六十年前の村かもしれない。

急になごやかな表情になって彼女は家の脇の小径をアゴでちょっと示した。

「そごゆげばいいさよ」

それからどうもあぶないと思ったのか指でさし示した。

「そごゆげば、五助さんがいるからね、たずねでゆぎな」

家の脇を曲ったら背戸の家の入り口に、五右衛門釜が、三和土《たたき》の漆喰塗りに支えられて坐っていた。漆喰いはだいぶこわれ落ちているが、ゆうべ風呂が焚かれたらしい。薪が炭になって燃えのこっている。

そのすぐ先に、大きな赤銅《あかがね》色のぐにゃぐにゃしたのがのびてみえ、すわ大蛇《おろち》と思ったら、後ろからおカミさんがついて来ていて、わたしの肩に手を乗せた。

「こわくないよ、フクだから」

「フク、フク？　フクって、聞いたことない」

「何にも知らないんだねえ」

あわれむようなまなざしで彼女はわたしを見た。

「フクはねえ、もうこれ一本きりになったんだよ。たくさんあっただが、あっちの山に」

眸にも声音にもみるみる愁いがこもってきた。

「オメ、見ただろ。なくなっちまったあっちの山。村もあちこち、あったんだよ。村の人、どこ行っちまっただか」

おカミさんはわたしを見つめていたが、少し声をひそめて、たしかめるように云った。

「ひょっとしてオメ、失くなっちまった村から出て来ただか」

「それがわがらね」

とわたしは云った。

「それもわがらねだど」

わたしはフクという巨木の、臥竜梅の如くに横たわっている木膚をそっと撫ぜた。つやつやして赤胴色に光っている。三分の二ほどは腐れ落ちてしまった幹のさし渡しは、一メートル半くらいはあっただろうか。ほとんど皮だけになって横たわっている木には小さな枝も葉っぱもついていた。葉っぱは松に似ているがもっと短かく、やわらかだった。色も淡い緑だった。大きな枝は失われたのか、もともとそうなのか、わりと矮小なものだったが、まだ生きていた。

沖縄方面でよく見かけるフクギとはまるで違う種類に思えた。

「最後の木だよ」

いとしむような声音が耳元にした。五助爺さんだ。

「オメ、行ぐどごねえべ、泊ってゆがねか」

五助さんはきわめて無愛想に云って、自分の家の裏口をさし示し、ついて来るのが当然だとばかりに開け放してある戸口をはいった。

フクの木のある小径はこの家の裏側にあたるらしい。土間に入るとそこは台所だった。赤土まじりの漆喰いの、暖かみのある壁、分厚い床板には、古い年輪のすじが縦に浮き出ている。こんな所だから安心しろ、というように五助さんは振り返ってうなずいた。どこかでちょろちょろと、水の流れる音が聞えた。

さつき、村にはいったとたんに草から草へ、木から木へと伝わっていた気配、スパイが這入ったぞ、監視せよ、というような指令が、すうっと溶けてゆくのが感ぜられた。

ひょっとしてあれも消えたかと思いながら、あの削られた山を見たのだが、ぶきみな削り跡は、やっぱりそのままだった。

なぜしかしここは千葉県なのだろうか。東京の隣だからだろうか。都市に侵食されつつある山村の、まだ生き身の片側が、ぴくぴくしながら残っている景色。その血脈の中にくぐり入ってゆくような、何ともいえない気分で、お爺さんの足どりに合わせて歩いていることに気づく。合わせているつもりだけれども、半歩というか、それよりもっと微妙な差で、速く足が出たり、おそくなったりしていくぶん広い台所の床で、困ったことになっている。

こんな気持や動作になっていては、せっかく見知らぬ人間を泊めてまでくれようという五助さんや、山の精のおカミさんに申しわけない。

五助さんはそういうわたしの手足や腰つきをしばらくみていたが、これはよっぽど、びょうきの程度が重いと思ったらしく、庭に出て、くだんの赤胴色の木の皮に背中をもたせた。まあいいかという表情で、片手をあげてみせたり、片足を上げてみせたりする。だんだんわたしは気持が楽になり、リハビリかなんかを受けているような心持ちになりながら、ああ、と思い当った。

わたしは牛深の活魚料理屋の魚槽でみたあの、片身を持たないブリになって、お爺さんに眺められているにちがいない。頭を逆さにゆらゆら斜め泳ぎをしていたあの魚になったにちがいなかった。

いまさきその、自分の片身を刺身にしてもらって、

「久しぶりにぶえんの刺身食べた。おいしかった、おいしかった」と皆でいいながら店を出ようとしていたのだった。振り返って見たブリの目玉のうつろだったこと。片っぽの山を削られた村に誘い込まれて来たのは、そういう因縁だったのかと思って目が醒め、がばと起きて、じつに妙な気分の目ざめだった。


（一九九六年十月一日）

故郷

『平家物語』を読んでいて、九州の私たちに、ひときわあわれ深く印象づよいのは、かの俊寛と鬼界が島である。

鬼界が島は、現在の喜界島、あるいは硫黄島だともいう。鬼という字がついているので、まず、人も住まない絶海の孤島という印象がついてまわるが、京のみやこにくらべれば人も少なく、風俗、風土、言語はがらりとちがっても、そうそう餓え死するほど暮しにくいところでもなかったのではないかと、このごろよく想像してみる。

そう想うのも、一緒に流された三人のうち藤原成経、平康頼の二人が赦免され、俊寛だけが残されることになっていよいよ舟が出る時の様子が、あんまり哀れに書きとめられているからだろう。

そもそもは、京の鹿が谷で、平清盛を討とうとの謀議に加わったというので捕えられ、流罪になった三人だったが、赦し文を端から端まで読んでも俊寛の名が書いてなかった。

「われら三人は罪もおなじ罪、配所も一所也。いかなれば赦免の時、二人はめしかへされて、一人ここに残るべき。平家の思ひわすれかや」とかきくどく俊寛には、清盛の憎悪はわかっていない。はては成経の袂にすがって、「かく成るといふも、御へんの父、故大納言殿のよしなき謀反ゆえ」といい出すありさま。

いよいよ船出となって「ともずなといておし出せば、僧都綱に取つき、腰になり、脇になり、たけの立つまではひかれて出、たけも及ばず成ければ、船に取つき」するその手を都の使いが引きのけ離して、船が出る。俊寛は渚に揚って、母の後追いをする小児のごとく足ずりして、「乗せてゆけ具してゆけ」と泣き伏したとあるが、読む度毎に胸のふたがる想いがする。舷にかけた手を無理にはずしたというところが何とも生々しいのである。

讃岐に流された崇徳上皇といい、生かさず殺さずという流刑は陰惨な気がするが、凄まじい怨霊となって都に出没する上皇の場合とは別に、俊寛はひょっとして、都に帰れなかったのはいたし方なかったとしても、心なぐさめられる日があったのではないか、とわたしなどは思いたい方である。

この人は、身分は朝廷に敬まわれていた法勝寺の執行で、「心もたけく、おごれる人」であったと書かれている。鹿谷の自分の別荘を謀議の場にさし出しているくらいなので、かなり血の気の多いタチだったのだろう。一緒に流された二人が配所のあちこちを紀州熊野権現の本宮や新宮やに見立てて参拝し、罪の赦しを祈念していたのに誘われても応じなかった。あるいはまた、都へむけて康頼が、生きているしるしにと卒塔婆をつくって毎日海へ流したことにも、心は動かなかったらしい。そのうちの一枚が清盛の尊崇する厳島神社に流れつき、娘の建礼門院が、無事に皇子を出産した大赦によって、鬼界島の流人も呼び戻される、という物語のすじは出来すぎの感じもするけれども、僧のくせに「天性不信才一の人」で合理主義にもみえる俊寛が、最後には京のみやこや妻子を恋うて悶え死するのだから、ほんとに可哀相である。召し使っていた有王がはるばる面会に来た折に、共にひそかに島を脱け出し、阿久根あたりの漁師さんにかくまわれたり、京にのぼったりしたという口碑伝説が鹿児島にあるという。物語の種が九州という島をめぐって漂よってゆくさまがみえる。「鳥羽院の御晏駕の後は、兵革うちつづき、死罪・流刑・闕官・停任つねにおこなはれて、海内もしずかならず、世間もいまだ落居せず」。つまり長い摂関政治や院政が続いてきたがそれまでは死罪など行なわれなかったのに、清盛の時代になって、孝子重盛が早く死んだもので、あさましい世の中になったと平家物語の作者は嘆くのである。栄枯の花びらが波に浮いてゆくように、落人伝説もおだやかに、地方々々の風土に吸収されてゆくのを感じる。

薩摩潟鬼界が島については巻第二に活写されている。島人たちの色が黒いこと「云詞《いふことば》も聞しらず。男は烏帽子もせず、女は髪もさげざりけり。衣裳なければ人にも似ず。食する物もなければ、只殺生をのみ先とす。しづが山田を返さねば、米穀のるいもなく、園の桑をとらざれば絹帛のたぐひもなかりけり。嶋のなかにはたかき山あり。鎮《とこしなへ》に火もゆ。硫黄と云物《いふもの》みちみてり」

読んでいて笑いがこみあげる。流人のゆく島だから、役人も居たにはちがいないが、京のみやこぶりと比べられたら、まるで異質の文化である。烏帽子もかぶっておらぬ男たちは蛮族に見えたのだろうか。女たちとて、源氏物語絵巻に出てくるような髪形、衣裳などひきずっていては暑い日ざしの下で、歩行もままならなかったろう。髪と眸と睫毛の濃い、羞かみやで情の深い島の人たちと、流人たちがふれあうことはなかったのだろうか。

さきの頃、硫黄島で歌舞伎の「俊寛」が中村勘九郎の一座によって上演されたと聞く。行って見たかったが、島の人たちの反応はどうだったろう。

歌舞伎の「俊寛」では、いちばん若い成経が、海女の千鳥と恋におちる仕立になっている。都から来た青年貴族が、京ではぜったいに見かけられまい島の娘の陽に灼けた膚にひきつけられたとしても不思議ではない。

米穀なく、園の桑はもちろんなかったろうが、南の風土にふさわしい芭蕉布はあったのだろうか。島独特の食べ物はほかに何かしらあっただろうに、ただただ、都恋しいばかりで、島の民俗や暮しについて全く興味がなかったならば、現住民と交せるはずの心のゆき来も生まれなかったと思われる。

歌舞伎の中では俊寛は、年若いカップルを都にやるべく、自分は乗らないで船を押し出すことになっている。

硫黄島では、俊寛の庵のあとを神社にしたり、成経、康頼らがそれと見立てて祀った熊野の社を今でも大切に守っているらしい。足摺り石というのもあるらしいが、当時から現地の人々はこの僧都の様子をそれとなく気にかけていたのではないか。流人といっても、都の身分ある人である。殺人強盗の類でないことはわかっていただろう。

わたしは両親、祖父母が天草の出であるが、その親や親類のしきりに使うやりとりの中に、「あのマレが」「このマレが」というのがものやさしくて、耳にこころよかった。あの人、この人という時、マレというのである。客人《まろうど》、あるいは麿なのか、あの人とは云わない。天草はやっぱり流人の島で、京都の僧たちが度々流されて来て島に居つき、まろうどとして待遇されてきた歴史を持っている。島民は学問好きで、しかもそのことに熱度を持っている。

天草に限るまいけれども、島というものはそこに生い育った人びとを、熱度たかく思いつめさせるものがある。一度できた人間の絆をどれほど大切にしているかは、南島歌謡によくあらわれている。そういう想いは、鬼界が島と俊寛の間には結ばれなかったのだろうか。たとえばそこは第二の故郷となったというように。

などとわたしが思うのも、さる二十年くらい前、日本最西南の与那国島を訪れた時聞いた話を思い出すからである。島は兵隊帰りのおじいさんが、二十年も「旅の世《ゆ》」をさまよって、やっと与那国にたどり着いたのだという話でもちきりだった。「いくさ世《ゆ》」が終って、シベリアにやられて、帰り着くまでに合わせて三十年かかった。旅の世とはどんな世でしょうとたずねると、「そりゃ、遠いさなぁ」と老人たちは溜息をついた。

「どこえ往っても、生まれ島の与那国が恋しゅうして恋しゅうして、与那国の歌、忘れぬように、歌っていたんだと」

と、話してくれたお婆さんは島唄の一節を歌ってくれた。

「兵隊に出て征った時は、青年だったのに、お祖父さんそっくりの顔になって帰って来て、向うもこちらもびっくりして、しばらく顔見るだけだった」そうである。


（一九九六年十二月一日）

奥日向の神楽太鼓

この冬、たて続けに宮崎県は椎葉村にゆくことがあった。一度は耳川の上流から太平洋側の美々津の浜までひたすら下るばかり、二度目はその耳川の源流に近い上椎葉の神楽を見に往った。

わたしはこれまで東京方面の知人に、いかにも自分が山がかった所で育ったつもりで、狸ややまももや、猿のことなどを嬉しげに話していたのである。嘘を言っていたわけではないけれども、椎葉界隈の山々を見てから、山を語るのに気がひけて来た。

薩摩の方へ水俣からゆく山道をつい最近通った時にも、街をはなれるとこんなに山深くなるのかと驚き、人吉の奥の市房山近くに往った時は、深山幽谷とはこういうところをいうのかと感にたえなかった。しかしこの度の椎葉行で、あまりに峻険な山々の様相に息をのみ、よくよくの訳を抱えこまないかぎり、人はかほどの所に隠れこんで住みはしないだろうと思った。いったいあのあたりに谷が幾十、あるいは幾百あるのか数えた人がいれば尋ねてみたい。

急峻な坂道を蔦かなにかにすがって頂上まで登るとする。頂きから下をみれば、底も見えない千丈の谷で、峨々とそびえ立つ山々が重なりひしめき、その奥に隠れこんでしまった平家の残党を見つけ、鎌倉幕府が兵を差し向けたところで水もなく、食糧をかついでゆけたものではなかったろう。人吉から半日がかりでゆける山道が椎葉まであったそうだが、山になれた人の足でいうのだから、私などの足で一昼夜かかってゆけただろうか。

征討軍が美々津まで船で来て耳川ぞいに上ってくるとしたら、いやいや、そんな割に合わないことは頼朝さんもしなかったろうし、遠い西国の奥日向の残党など、仮に幾人か居たにしても、問題外の外だったのではないか。

そうはいっても、隠れこんだ方としては、いつやってくるかわからない探索隊にそなえないではいられなかったろう。あんな所まで、穀物を持って落ちたとも思えないが、最初の頃何を食べていたのか。椎の木の多い山々だから、木の実を拾って食べ、猪と鹿は驚くほど居たようで、重要な蛋白源であったろうし、落人伝説が本当であれば、狩は山での戦の模擬訓練になったのではないか。

こちらの谷の岸から向こう側の山の中腹あたりを見上げながら、案内をして下さった民俗研究家の江口司さんが教えて下さった。

「あの中腹の斜面ですが、木がなくて、横に幾段にも土止めがしてあるのが見えるでしょう。近くにゆけば大へんな斜面です。あれが焼畑のコバ、いや椎葉ではヤボと言います」

椎葉とコバと、ヒエの栽培はセットになってわかっているつもりだった。現実のヤボを見て胸をつかれた。その焼畑は、わたしならば、上の方にある森の木の中で一番丈夫そうな幹にロープをつけて垂らし、体を結わえ、そうあのロッククライミングという格好で鎌だか鍬だかを片手に持って農作業をしなければならない急斜面である。

雨が降ったら焼畑の土が下にこぼれ落ちるので立ち木を杭にして、横ざまに木の枝だか萱だかで、幾段にも仕切って土を止めてある。シャレ木という由である。南九州のコバはわたしの家にもあったが、なだらかな丘を拓いた畑で、お陽さまが眩しくまろい稜線を浮き立たせていた。椎葉のヤボは、日照時間も少ないそうだ。そしてヤボの横のとんでもない高台に民家がはなれて三軒とか一軒あるそうで、草でも焼くのか煙が上っていた。

山深い谿谷地帯をゆき来して、山神を祀り、先祖をことに大切にして、猪や鹿を狩る時は、一々祝詞をのべ、気位高い都ぶりと鄙のすぐなる調べを合体させたような神楽を、どの集落でも持っているという。死者が出ないかぎりは毎年これを行い、たとえ四軒きりの集落であっても、休むことはなく、各家持ちまわりで舞い、豊年への感謝と来る年への願いとするそうである。

平地の正月も、すっかり格調を失ってしまった今、一年間を神楽でしめくくるために、日々の労働も苦にならないという。村人の面持ちが引きしまり、敬虔になっていた。何より印象ぶかかったのは、神楽を舞う男の人たちの表情が精悍にして優美であったことである。昔はあったように思うが、男の顔の精悍さなど久しく見ることがなかった。わたしは江口さんに云った。

「昔、男の人たちはあんな顔してたように思いますが」

「はい、あれはきっとですね、今の人ではあるんですが、死者たちではないかと僕はずっと思いよるとですよ」

ああとわたしは思った。お能の主人公たちもほとんど、あの世の人たちである。江口さんという人は小野重朗先生のお弟子で、その晩年、ここらの山間をよく一緒に歩かれたそうである。言われることをわたしなりに考えてみると、山民の生活と先祖神、山の神への信仰は、祈りを忘れた現代人になにかを教えてはいないだろうか。

ゆく先々に呪符のようなものを作って置いて、山の神々に直接ものを言いかけ、捧げものをし（神楽殿にも猪の頭を供えてあった）、祈ることなしには生きてゆけなかったであろう深山幽谷への畏怖が柳田国男の『後狩詞記』にも読みとれる。そんな先人たちの霊もまた、荒らぶる神と一体となって、神楽の夜には出て来て舞うのではないか、と江口さんは思われるのであろう。

じっさい、そくそくとせまる山気に包まれて、先祖神だという小さな紙の人形《ひとがた》御幣が藪の中に立っているのを見ても、はっとして立ち止まらずにはいられない。何というのか、山の人たちの、ただならぬ想いの深さに呼び止められる気がするのである。そういうことを思い思い神楽を拝見していると、素顔の直面《ひためん》で舞われるその表情が、入神状態になってゆく過程が、少しはうなずける気がした。そして平地人たちのわけ知り顔や、いらざる饒舌がしんそこうとましく思われ、自分にもその気が少しでもありはしないかと恥じられたことであった。

あれからもう一と月になろうとするが、魂に灼きついて離れないのは、神楽にあらわれる自らなる気品である。演目の多さ、二十五の集落がみな獨自の神楽を持って、その年死者が出ないかぎりは、必ず集落ごとに舞われるということにもおどろかされる。山岳宗教と仏教、厳島神社への崇敬が渾然一体となって、山襞の一隅がその夜ばかりは開放されるような笛太鼓が、谷間にこだまする。

訪れる者には誰彼の区別なく、お茶に焼酎に蕎麦、はては折詰のご馳走まで出て、接待を受ける。それを聞いていたので、こちらは前もって、「お花」を包んで出しておいたら、きれいな毛筆の字で名を書きとられ、「雲」にたとえられている天井の桟に張り出されて、眩しい思いをした。そういうところは、昔むかし、村の鎮守の社の祭や草角力の時にあった気がしてなつかしかった。

「テレビがなかった時代には、舞いに出る男たちは、よそ村にも聞えるようなスターで、女性たちにもてたそうですよ」

最初からの同行者、熊日記者の高嶋さんがそうおっしゃる。そうでしょうとも、今でもじつに魅力的ですもの、とわたしは力をこめて言った。

神楽が終り、厳島神社のご神体が社殿に還る行列について行った。小さな石の階段を登ったり下ったり、いや登りが多かったのだが、太鼓の音が先導してゆくような、三十名足らずの人数である。ごく短かい石段なのに、半分もゆかぬうち、足がひきつって登れない。二人の人が太鼓を担ぎその横を、狩衣を着た「太夫さん」が鉢を持ってたたいてゆく。この音が石段を登り下りするのに少しの乱れもない。その音に叱られているようで、登れぬ足腰にはっぱをかけて何とか登れたが、太夫さんの顔をそっとうかがったら、いとも涼しげな表情であった。

（一九九七年二月一日）

西表《いりおもて》ヤマネコ

西表ヤマネコというのをテレビで見た。

かねてどういう猫かと、少なからず興味を持っていたのだが、度肝をぬかれるほどな野性猫だった。テレビを通してさえ、その鋭い気迫に息を呑まされたのだから、実物にいきなり対面でもしたら、どういうことになるだろうか。

出現の場所は、ヒルギの根茎に囲まれた海岸のようだった。木から降りて水の中に、なんのためらいもなく、ざぶざぶ、とはいってゆくところがまず紹介された。その前に、たしかひと声、唸ったように思う。にゃあん、などという生っちょろい声ではない。

おーっというような、あたりを威迫せずにはおかない凄味のある声で、まずこの第一声からして、並のけものではあるまいと思った。西表島にライオンがいるはずはなかろうが、かりにライオンがいるとしたら、こんな山猫とはどんなふうに出逢うのだろうか。

ひくい唸りをあげながら枝に飛び乗った迫力のひっそりして、すさまじかったこと。逆立ってこそいなかったが、生えたまんまの方向に一本一本の毛が、炎立っているようにみえ、金茶色の目は今にも狙いを定めた一点に飛んで来そうで、小軀ながら、あんな目つきの敏捷、獰猛なけものを前にしたら、百獣の王もどうあつかったらよいか、勘が狂ってしまうのではなかろうか。木登りだけ考えても、山猫の方が上のような気がする。

捕獲して来て、文明食を与えたとしても、猫や人間の市民社会には絶対なじまなさそうに見えた。間違っても愛玩用になど、なるはずはない。どういう生育条件があって、あんな毅然とした野性猫が育ったのだろうか。

なにしろ水の中にはいってゆく時の脚が太かった。水をおそれる気配はまったくなく、眼光らんらんと水の中を射て、エビだか魚だか、あるいは水鳥や蟹がいたら、太い前脚で漁もするのかと、息をつめて見守ったが、漁の現場は見ることが出来なかった。わが家で飼っていたさまざまな猫たちのうち、肥壺に落ちたトラや、風呂で溺れかかったキジ猫にまつわる家族ぐるみの大騒動をあらためて思い出した。何百匹いたか、その中のどれ一匹として、水の中に入るのを好んだのはいなかった。

ヒルギの根茎にがっしり護岸された海岸線にはハブもいるとかで、画面にむかってカッと口をひらくところも捉えられていた。あれはハブのもっとも恐ろしい瞬間で、テレビとわかっていても逃げ場がない気持ちになる。山猫は、ああいう、うす気味悪いものたちとも闘って、生きのびて来たのだろうか。生きるという現場のきびしさと、生命というものの野性の意味をつくづく思わせられた。人間がいかになまくらになっているかを。

わたしの父は、人間を罵倒する分、馬をことのほか尊敬していたけれども、ひと目見てしまった山猫を、わたしは尊敬しそうな気がする。

こういう気持はどこから来るのか、思い当ることがいくつかある。まず最近のことだけれども、この界隈に残っていた巨大な樟が次々に伐られてゆくのがその一つである。近所のお婆さんによると、終戦の頃までここらあたりは山だったという。

「今の人たちは知らんですけれども、ここらあたりは山藪くらで、夕方になりますとああた、狐の出よりましたですよ、こうしてですね。山かがし蛇も、あちこち、這うとりましたですよ」

お婆さんはそう言って、両手を胸の前にかかげ、狐の横飛びするさまをしてみせ、それから「山かがし蛇」が木登りする様子をエプロンから出た両肘でしてみせた。

「かがし蛇といいますのは、どんな蛇ですか」

とたずねても、この人、耳が聞えないので、身ぶりだけがどんどんエスカレートする。

「山の無うなりましたら明るうなって、都会になりましたがな、藪の無うなって。昔はああた、いろいろおりましたよ」

まだおさまらぬ身ぶりがふと止んで、わが家のナギの大木を指さした。

「この木も伐ってしもうた方がようございますよ。お宅はお客さまの多うかようですし、三本ばかり伐んなさると、車の二台ははいります。何ならわたしが家主さんにいうてあげます。あそこの先の大樟、何か、山の主の、まだ退かずに居坐っとりますよ。そば通ればきびの悪うございます」

わたしは丁重に申し出を辞退しながら、道に落ち葉を溜めないようにしようと思う。狐には親愛感を持っているけれども、正体不明の山の主がまだ居坐っている気配があるし、界隈の木々がこれ以上大きくなったら、とこの人はいう。

「いろいろ来て、棲みつきますばい。お宅はお一人ですし、来易うなります」

いろいろというのは、並のけものではなく、妖怪変化の類いらしい。

町内一の大樟が伐られるまでの間、横を通るのがたのしみだった。広大な荒れ屋敷で、元は名のある庭だったかと思わせる亭や井戸のあとなどがあった。母屋も倉も立ち腐れるにまかせ、瓦を乗せたままの大屋根が蔦かずらとともにうずくまり、大樟はそれに寄り添う形にうっそりとかがまっていた。生垣の杉も老い衰えて、ところどころ穴があるので、中がよく見えた。

「山の王」らしきものに逢いたいものだとわたしは思い続けていた。昼間あんまりしげしげのぞきこむのもはしたないし、夜、灯りもない荒れ屋敷にはいりこむのは、それこそきびが悪い。主というのは怨霊だろうか、それとも苔の生えた蛇だろうか。好奇心の強いわりには極端な憶病者だもので、想像するだけでおそろしくなり、雨戸の隙間にテープを張って寝たりした。隙間から、霧のような〝主〟が忍びこんでくる気がするのである。西表ヤマネコを見るに及んで、わたしは、これぞ探し求めた主である、と勝手にきめた。気候風土、出自、生育条件、まったくちがうけれども、南の島のこのヤマネコならどろどろの怪異性はなさそうだし、人間との不必要な悶着や恨みつらみもなさそうだし、不敵な面がまえの自立心がたまらない。ややおそろしく、距離が必要だけれども、こちらの怠惰をはげしく打つところがある。この猫ならば、ガラス雨戸のゆがんだ隙間から忍び入ってくる、などという、人の弱点を悪用したりはしないであろう。

こちらの住み家へはいって来る時、すれちがう時などには、あの唸り声で堂々と威嚇しながらくるのではないか。野性といっても奸智にたけたけだものではなく、硬骨の士ではないか、と、どうして褒めたくなってしまうのだろうか。

森や木がどんどん無くなってゆくのがいつも気がかりで、存在の欠落というびょうきにわたしは罹っている。それを癒すには、ふつうの妖怪では影もあるやらないのやら、はなはだ心許ない。あのヤマネコのような野性というか気品というか、人を寄せつけない不羈独立こそが存在の根底にあってしかるべきである、となんだかわたしも勇ましくなってきて、みんなが幽霊屋敷と言っていたあの大樟の主に、西表ヤマネコに来て貰っておけばよかったものをと、しんから思ったことだった。そうすればわが主はあの巨樹の上から近くの湖へ、夜な夜な漁に出てよかったものを。

物事、すべてはっきりしているのがよいとは限らないけれども、都市近郊のはずれの、昔は森であった一隅に、立ち去り難い思いを抱いた者が、姿も見せずに棲んでいるとする。いたく心にかかる景色である。しかし、森のしるしをあらわす最後の巨樹は二、三日ルスをしていた間にこともなく伐られ、杉の生垣はきれいになくなり、そこら一面コンクリートを張られてしまった。

無念、とおもう。よそさまの土地、よそさまの大樟だったのに。

「あそこには、何か棲んどる」

ここら界隈の人びとが「あそこ」というときイメージにあるのは、樹齢も判じがたい大樟がそこにかがまり、草ぼうぼうの中に目には見えない気配を伴っている「あそこ」である。非常に身近で、しかも遠い昔をあらわしている場所だもので、人びとは何か棲んでいると思わずにはいられない。

はるかな昔、森がまだ神さまとみんなの場所であった頃の記憶が人びとの中にまだかすかに残っていて、忘れかけた夢の残欠を追うような顔つきになっておっしゃるのである。

「何か棲んどりますよ、あそこにゃあ」

木々の最後と共に生きた人々も、残りの夢も、やがて死ぬ時がくる。異なる夢の中に住む若い世代も育っているのだろうが、わたしの抱えている欠落感をどうしよう。ひそかにおもう。樹々よ、都市に向って侵入を開始せよ。まず、わが九州の海辺をヒルギとアコウの根茎で固めよ。西表ヤマネコよと言いかけて、はたと口をつぐむ。お出で下さいませんでしょうねえ、こんなところには。

(一九九七年四月一日)

幻の湖

このところお隣の薩摩から、ひんぴんと地震がやってくる。

大きいのがまた来はしないかとリュックなど持ち出しているうちに、心の中にうつらうつらしていた想念が、意識のおもてに揺すり出されて来た。

それは太古の頃、赤道付近にあったという火山島上の礁湖が、わが熊本、球磨郡の山奥あたりにくっつきに来て、日本でもっとも古い地質を形成している、という話である。

なぜそれが火山島上の礁湖だとわかったかというと、昭和五十三年に球磨川べりに生徒たちとキャンプに行っていた球磨中学の先生が貝の化石を発見したのがはじまりで、調べてみたらメガロドンという大きな歯を持つ二枚貝だそうだ。火山島は中世代三畳紀後期（二億～二億三千万年前）に形成されており、その頃異常に発展したのが、メガロドンなのだそうだ。

頂きに礁を持つ火山島は斜面の溶岩が崩れて、石灰岩、玄武岩が堆積し礫岩になっているそうだが、とんでもない遠い赤道付近から来たことが証明されうる技術や器機があるのにも、たいそうおどろかされる。

この稿、じつは平成七年、熊本日日新聞から刊行された『くまもと自然大百科』から拝借して書いているのだが、メガロドンのほかに、ウニや有孔虫や海綿の化石も出るそうである。これらは熱帯の高塩分の、浅いラグーン（礁湖）の石灰泥の中に生息していたとある。

群生し、集積している貝の化石の写真がそえてあり、それは球磨川べりの球泉洞駅の近くにも露出している由である。

そういうあれこれを調べるのに電子顕微鏡や古地磁気を計るやり方が発達して来たそうだが、これと思うデータが得られて、思った通り、いや予想外の答が出て来るときはどんなに嬉しいだろうか。

火山島はその頂きに礁湖を育てていた時期からさらに一億年ほど経って、地質の年代でいえばまだ若かった頃の熊本県南部、球磨の奥にくっつきに来た、とあるのだが、どういう様相をしながらやって来たのだろうか。地震の幾千、幾万、一緒に連れて来たのではないかと、想像はかぎりなくふくらむ。

じつはわたしがこの話に興味を覚えはじめたのには、長い間、伏線のような時期があった。『くまもと自然大百科』が出たのはごく最近のことだが、これとは別にずっと以前、明治十七年刊行の『肥後国誌』なる分厚い一書があり、古い記録を集めたものだが、この中の、緑川と球磨川に関して描かれた、神話的というか、構想雄大な民話というか、たいそう気にかかる記事を見つけ、長い間、無意識のうちに意味解きをしていたのだった。それはおいおいつながって、火山島上の礁湖に結びつくのだが、次のような記述だった。まず緑川上流について。

緑川ノ水源ハ南郷緑ノ宮ノ神殿礎ノ間ヨリ流出緑宮ハ古百合若大臣ノ鷹緑丸ヲ祟タル宮ナリ緑丸ト稱スル鷹今ニ山中ニ居ルトアリ又或説ニ緑川ノ源ハ山間湖ノ如ク宏大ニシテ其近傍ニ行キ難シ是ヨリ三派ニ流レ一派ハ日州（日向）耳川ト號シ同国耳津ニテ海ニ入ル一派ハ日向ニ出、ソレヨリ當国ニ入リ球磨川ト號ス一派ハ此緑川也ト云フ水源大ナル藤アリテ谷ニ渡レリ南風ニハ緑川ノ水増セリ北風ニハ球磨川ノ水増、是其藤葛風ニ随テ水上ヲ塞ク故ナリト里俗古ヨリ云伝

人の近づくことのできない宏大な湖があって、日向は太平洋側の耳津へ出る耳川、熊本は有明海側へ流入する緑川、人吉盆地をうるほし、名だたる急流を下って不知火海へと入る球磨川。この三つのゆたかな流れを源流で養っている宏大な、人跡未踏の湖がある、と上古の人びとは考えたのである。

球磨川の項にもほぼ似たような記述があり、雄大である。

水源ハ日州那須（日向椎葉あたり）ヨリ出ト里俗伝テ水源ハ湖ノ如ク湛々タリ山間ノ絶渓人倫至リ難ク三派ニ分レテ益城郡緑川日州耳川比ノ球磨川也北風吹ケバ球磨川ノ水増シ南風吹ケバ云々　大藤臥テ風ニ従テ南北ノ水ロヲ塞ク故也ト云

三つの川の源となる湖などもちろん地図にはない。湖上に臥せている大藤など、まことに圧倒的な姿で、観にゆきたいくらいである。さてこの『肥後国誌』にめぐりあう以前、わたしは鮮烈な体験をしていた。

その頃、川の源流探しに熱中していて車に乗せてもらい、その日も緑川の源流へと溯りつつあった。右の二書のことはまだ知らない十五、六年くらい前である。道も狭くなって、だいぶん来たかと思う頃おい、目の下に桂の巨木が群生した渓谷がみえる。

桂の樹はまるで孔雀が羽根をひろげたように、無数の枝を天にむかってさしのべながら立っているので、遠目にもそれとすぐわかる。葉っぱは銀杏に似ているけれども蝶の羽根に近い感じである。それが僅かな風にゆらゆらびっしりついているさまは、優美さを通り越して、おそろしいと後ずさりした男の友人もいるくらいである。食虫類の草があるけれども、この友人は「人とり桂」と思ったのかもしれない。

わたしはこの樹が大好きだものだから、車を下してもらっていそいそと近づいた。幸い、とても足場がよかった。渓流の音と、桂の群落のかそかにゆらいでいるさまは、とてもしっくりするな、と思い思い下りて行った。しかし何かの気配を感じて足をとめた。

目の前の水辺の向うに、今まで見たことのない洞窟が、ぽっかり口をあけているではないか。わたしは、洞窟とか木の洞とかを文章にするのが好きである。しかし、現実のそれが目の前に出現すると、まことに恐ろしがりでもある。逃げようと思ったけれども、三人の連れがあったので、まさか目の前の口が飛んで来て、ひと呑みにするわけでもあるまい、と内心びくびくながら、それとなくあたりを観察した。連れたちも、「ほう」とか、「わあ」とかこわそうな声を出して誰もそばにゆかない。するうち、意外なことを発見した。付近に標示がしてあって、この洞のことを、「窖《うげ》の口」といい、往古に緑の宮というのがここにあって、窖の口のある山奥には百合若大臣の愛鳥、緑丸が棲んでいると里の人たちが云う、と書いてあった。窖の口という言い方が、洞というよりも鮮烈で、恐ろしげでもあった。

みんなで感心しながらそろそろと靴を持って水に入り、近づいてみた。信仰の対象でもあるらしく、入り口に小石を積んだり、内壁の窪みにお賽銭が積んであったりするが、奥へはみんなはいらない。

清冽な水の音がするばかりである。何年か前、商科大学の学生たちが探険したらしい。事故もなく、大蛇にも逢わなかったらしいが、何もわからなかったとも聞いた。

かの大百科の地質の項をつぶさに見てゆくと、最近確認された赤道付近の火山島上礁湖は、緑川源流近くの球磨郡五木村八原などへのびる地層となって露出しているという。山の民であった上古の人びとが、大きな貝殻を含む地層を眺めて、宏大な湖を想像したであろう様子を考えていると、その直感にあらためておどろかされる。

塩分の多い礁湖も、何億年かするうちには塩が抜けて清水になり、ひょっとすれば藤蔓などが水の上に伸び、花房を垂らしていたかもしれないではないかと思ううち、わたしもだんだん興が乗ってきて、人跡未踏の奥山の湖に水神さまを連れて来たり、湖の底の鍾乳洞に、まわりの村を守る蛇体の主を棲まわせて、メルヘンのようなものを二つも創りあげてしまった。

それでなくともこの近くには御船《みふね》層群といわれる〝恐竜の谷〟があって、ワニの歯さえ出て来たというから、今の世の中の何やらしょぼくれた有様に溜め息ばかりついている身には、何よりの自己救済になる。今度生まれたら、地質学者になって、古生代デボン紀の貝殻とか、アロザウルス恐竜の脛なんかと仲良くして一生を過ごせたら、さぞ人間ばなれしてさばさばすることだろう。

（一九九七年六月一日）

前世の草生

昏れ方になって、なんだかただならぬ音がする。雨水が樋を伝って大量に落ち、その下で、蟬たちがたくさん雨にたたきつけられながら鳴いている、というように聞えた。

空を見ればずいぶん暗くて、夕焼けの残影などはどこにもなかった。傘をひろげて外に出た。その、何とも人を落ちつかなくさせる雨樋の水音と蟬の声は空耳ではなかった。

昏れ入る直前の雨雲をよくよく見上げると、樋のすぐそばにある百日紅とナビの木の間を、五、六匹の蟬がしぶきを飛ばしながら忙《せわ》しなげにゆき来して、せっぱつまった気配で鳴き交わしているのであった。その声からして、十匹くらいはいたのではないか。

この世のそこは全部蟬の世界、というふうに聞えた。そんな様子を囲んで、ただただ梅雨の夕べの雨が降るのであった。約二十分くらいの間、わたしはおろおろしてきて出たり這入ったり、傘をひろげかけたりすぼめたりしたが、一体どうしたことだったろう。

きれぎれに考えたことがあった。ここ一週間ばかり、いやいや六月から七月までの間、から梅雨かと思っていた空に、三十分間ばかり蝉の声がしたのは、たったの三日ではなかったか。雨雲におおわれた夕やみの木々の間を飛び交って、雨樋のしぶくほとりを選んで、どうして鳴かなければならないのだろうか。

地上に出たら短い命だというけれども、ちゃんと鳴ける青空にめぐまれなくて、日を待つうちに、もう今夜までしか命はないのだとせっぱつまって鳴くのかしらん。

しかしわたしは蝉の生態を知らないものだから、ひょっとすればこれは天変地異を告げているのではないかとも思われて、立ったり坐ったりしていたのだった。そしてたちまちまっくらになって、篠つく雨になったのである。明朝起きたら木の下をたしかめて見ようと思っている。

天変地異とか、予知夢とか、人よりも信じる方なので、天候不順が続いたりすると情緒不安になるらしく、夢の中味まで濃厚になってくる。醒めたあとでしきりに内容を解読しようとして、ただでさえふつうではない日常がこんがらがってしまい、始末に困るのである。

一昨夜のあけ方も、さる老作家と、山霧の限りなく湧いて来る宿で、対談のようなことをしている悪夢を見た。

その人の作品を解説する羽目になって、いかにもわかったようにものをいう自分に、たいそう嫌気がさしているのだが、何か言わねば間がもたないので、へんに丁寧な言葉で時間を費やしているのだった。

ときに気障だったのが、次の言い方だった。

——先生のお作品では、悲しみというものが、存在の父母のようになっていると思いますけれども。

某大家の方でも、（このおなご、埒もないことを言いよるなあ）と心の中で退屈している様子なのだが、成りゆき上、無視するわけにもゆかないらしく、合わせて下さってちらりと一瞥し、

——存在などと言わんといてほし。悲しみは人間の父母《ぶも》、というてほしいがな。

と仰せあった。

やっぱり、とわたしは思った。底の浅さを見破られたのだ。何かもっと、核心にせまる表現をしてほしいのだ。「でなければ、ほっといてえな。お前さんごときに、何かいわれようが、いわれまいが、痛くも痒くもあらへんで」とこの人は言いたいらしい。

だんだんむっとして来た。さよか、と思った。しかたがない。そもそも現世の悲しみについて、相手が誰であろうと、生ま身で一般的に語るなどというのは感情失禁というものである。そんな、いうて甲斐ないことを、言葉から離れたほんとうの深淵で、ひとり語っている

のは、まだものの言えない赤んぼの泣き声ではないかしら。

対談であることをどんどん離れて、わたしは自意識の宙返りのようなことをやりはじめた。部屋の中に立ちこめてくる霧のせいで、老作家の姿もおぼろになったが、この人、片っぽの眼鏡をかけて、わたしの思索の行方を看視しているので、油断はならない。で、彼の読心術にわかるように、これから考えることは、対談の間にはさむ、ひとり語りです、とわたしは自分に言い聞かせた。すると、〈自動音声機〉から出てくる声のようにわたしの口から言葉が出てくるのであった。

まず最初におことわりしておきますが、これから出てくる言葉は〈自動音声機〉から出てくる言葉であって、わたしの表現ではありません。

これには少なからず驚いたが、言葉たちはひっそりと隊伍をととのえて、さりさりと砂の間から出てくるのであった。

——悲しみが主題でありましたならば、こういう対談なんかではなくて、本当はどこかの岩山の奥から、古い琴だか、琵琶だかを持って来て、木の蔭かなんかに置いて、谷風が、朽ちてしまったはずの絃にふれて鳴るのを聴いておれば、それでよかったのでした。因果なことには、かの人もわたしも、なまじもの書きということになっておりますゆえ、たいして考えつめもしないままに、人の言葉をとって来て切り貼りしては、糊口をしのいでいる有様ですので、ここに白状せねばならないのは、じつはわたくし恥かしながら、人間であれ存在であれ、その悲しみから離れては、生きてゆけないことをあらためて自分に言い聞かせなくてはなりません。

　わがまみの底のここには、蟬の姿はもちろんのこと、山風も雨の音も、子供たちの抱く人形の寝起きにも、人の手を離れたあとの、あらゆる楽器たちの形状が見えており、いのちの終りを見送るまなざしをもって、永い時間を、無心に眺めてきたそのいとなみも聴えています。

　そのことに偽りはないのですが、面白いというか、困ったことにというか、そういうまなざしとはいささか動きを異にする心を持つ、この、人間わたくし、という容れものは、何と奇怪な容れものでしょうか。

　霧のせいばかりではないでしょうけれども、先生が、存在と人間とをあんまりきびしく区別なさいましたので、わたしの心に生じた、わからなさの種が育たずにまたひとつ死にました。先生のせいではありません。

　ただそういうとき、わたしの自意識は乱反射して、わたしという容れ物はゆがみ、ひきつり、みっともなくて、それは恥かしい姿です。できれば本当は、草の上に置いた、糸もない琴を弾けたならば、失なわれた糸の音で、心を伝えることができれば一番よいのですが、これが仲々思うようなしらべでは、鳴ってくれません。

さっきからかき鳴らそうとしているのですが、千年くらい前に、糸は切れたらしくて、わたくしの中では鳴っているのに歯がゆいこと……。

そういうことを呟きながら自分の声で目が醒めた。寝床の上に坐って、タオルケットを指でかき寄せ、摑んでいて首をかしげ、「千年くらい前に、糸が……」とまた言って、夢がすうっと、向うへ行ってしまった。

草の中の朽ちかけた琴のイメージは、はっきり、まぶたの裏に残っているのに、夢の草の上には原稿用紙の乗った机が見える。整理の悪い鏡台が見える。何だこれらはと思う。机は草むらの中の苔むした岩だったのに。

ああ、あの老大家は、昨夕の蟬たちの前世の姿ではないか。億万、億千の、死んでいった蟬たちの化身ではなかったか。

それでしたら先生、やっぱり、悲しみは存在の父母です。

指の痛かったこと。琴を弾くというより、草を弾くつもりだった。草の音色を言葉に替えて、先生に、いや蟬たちに、聴いてもらいたかったのかもしれない。

（一九九七年八月一日）

白い彼岸花

大型で、つよい力を持った台風が来る、というので、それっとばかりに懐中電燈の電池も買いこみ、ローソク、マッチも揃え、電気釜が使えなくなる事態を考えて、いつもより余分にご飯を炊いておにぎりを作った。

梅干しをちゃんと入れたのは、冷蔵庫も役に立たない場合、おにぎりを日持ちさせるためである。テレビの前に座りこんで三日ばかり、おちおち原稿が書けなかった。水俣としばしば連絡をとる。何しろわが家の方も、山と山とが接しあう風の通り道になっているので、気にかかるのである。

今のところ、たいしたことはない、という家人の声。雨風と聞けば昔からわたしはそわそわする方である。この前の台風では、すぐ隣の出水地方で山崩れが生じ、たいそう深刻な事態が起きた。

「今までそういうことはなかった。これからもあるはずがない」と、これも昔から家の者たちに言われて来たのだが、そういわれると、余計にわたしの心配性がつのる。事故というものは、今まで無かった事が起きるのだから。

急ぎの原稿を抱えながら、いつも雨洩りするタンスの上にお盆を三つも並べ、タオルを小積みながら、うらめしく思う。えいっとタンスを丸ごと移動させたら、ことはすむ。できないのでお盆だの、安定のよい踏み台だのを探さねばならない。雨の洩らない家に移ればよいが、それはできない。

非常持ち出しのリュックを点検する。何を入れていたのかすっかり忘れている。チリ紙とタオルと石鹼だけでリュックがぱんぱんになっている。まあ、必要でないこともない。おにぎりは別袋にするか。ノート、原稿用紙、今使っている重要資料、ことに資料は雨に濡れたらどうしよう、二冊とはないものである。書きかけの原稿。これも雨で消える可能性あり、風にあちこち飛ばされたら、追っかけてゆきようがない。

別袋が三つばかり、いや五つになったら移動は不可能だ。こうなればテーブルの上に全部のせ、ビニールシートをかぶせ、南部鉄の鍋とフライパンをおもりに乗せ、母の位牌と懐中電燈だけで脱出するとしよう。しかしビニールシート、六年前の名前も同じ台風十九号のあと、方々の屋根にかぶせられていたあの青色の、家一軒ぐらい包んでしまいそうなシートは、一体どこに売っているのだろうか。

はたと思考停止におち入って座りこんでしまった。外ではそよそよと、前知らせの風が吹いている。枕崎に上陸したそうだ。動きがおそくて、どちらに向かうかわからないので用心せよと、テレビが言う。竜巻きが起きたそうだ。

ひとりで空しい騒動をするなと戒しめて机に向うが、竜巻きが頭の中にはいってくる。六年前の十九号ではお寺のそばに居た。縁側の板戸が吹き飛ばされ、広いお御堂の中を次々にぐるぐる回って、阿弥陀さまの前に落ちた。青年たちが一枚の板戸に二人ばかり取りつき、外されまいとがんばっていたが、あの暴風雨は何の苦もなく青年たちを振りほどいて、板戸は乱舞し放題のありさまだった。よく死人が出なかったものである。

たぶんこの時も、竜巻きがあちこち発生したのではないか。青年僧たちがお御堂で格闘している時、築山にのぞんだ庫裡の縁側で、坊守り夫人は、前代未聞の現象が築山の前に降りて来たのを目撃して腰が抜けられた。

白い、霧雨状の渦巻きが無気味な生き物のように泡立ちながら、にゅるにゅると降りて来たそうである。瞬間風速五十メートルを超えていたと、後で報道された。そんな風が来る直前までは、市内はまるで無風状態で、テレビがしきりに用心を促していたのに、ほんとにやって来るのかしらと、けげんな思いで、油断していたのである。

いろいろな教訓があとで話された。電気が切れて三日ないし一週間つかなかった。電気釜が使えないことがわかった主婦たちはスーパーとパン屋さんに走った。パンは一日も経たぬうちに売り切れたそうである。おすしもすぐに売り切れた。

ある新聞記者さんの家では、お姑さんがお鍋で米を炊くことを嫁さんに教えようとしたが、ガスが切れていた。

停電した冷蔵庫の中に、二日目、三日目に食べられる物がなくて、悲惨な思いをしたと苦笑まじりに話された。あの旧軍隊でよく使った飯盒、地面に穴を掘って飯を炊くあれを、いざという時のため、主婦たちだけでなく、子供たちにもやらせておきたいと思いましたよ、ともおっしゃって、まわりはしんとなったが、飯盒が使えるにしても、水はあるのか、穴を掘るシャベルやその他はあるのか、薪があるか、コンクリート地面だったらどうするか、と思ったけれども、みなさん先のことは言わなかった。

しばらく我慢していれば、どこからか救援物資がとどくかしら、おにぎりが、と何の根拠もなくわたしも思ったのである。

さて、少しの雨洩り跡をつけて台風が過ぎ、残ったのはおにぎりの山。よく食べた。期待したほど涼しくもならず、腐ってしまうかと心配したが、チリメンジャコと一緒に真ん中に一つ梅干しを入れ、念を入れてまわりにもなすりつけ、胡麻をまぶしてしっかり握ったのだ。

遠足の時のおにぎり、村の「無常」の時、子供らに配られていた、おこげのおにぎり。思い出しながら三日間それを頂いた。一人分握ったのではない。見知らぬどなたかにも分けるつもりだった。梅干しをきかせすぎて、しょっぱかった。

新しくご飯を炊いて交ぜ合わせたら、よい塩あんばいになりそうに思えたが、さすがにそれはしなかった。

旧友が刈萱とほととぎすの花と、赤いケイトウ、桔梗、それに女郎花《おみなえし》の花束を持って、片づけものの手伝いに来てくれた。

「よんべは十六夜月じゃったですけど、わたしは十五夜よりは、十六夜が好き」

と彼女は言いながら、手提げの中をごそごそいわせ、お団子を取り出した。ゆうべお客を一人招いて、十六夜のお月見をしたという。蓬がなかったので、モロヘイヤを交ぜてみたのだと言って緑色の団子を見せた。えんどう豆を餡に入れ、アコウの葉っぱでくるんであった。米の粉ばかりで作ったのもあって、久しぶりに米の粉のほんとうの美味に出会った。

彼女は庭を見まわり草をとってくれていたが、彼岸花に似たのが蕾を出している、これは何かしらという。台風の騒動と、おくれている原稿のことで頭がいっぱいで、庭に目がゆかなかった。出てみたら、なるほど、ややオレンジがかった色をした、キツネノカミソリともおもえる蕾が、あちこちに出ている。「キツネノカミソリによう似とる、それとも彼岸花かしらん」

とわたしは言った。

「なしてこういう形ば、キツネノカミソリというとじゃろうか」

と彼女。誰かこの花を見て、キツネノカミソリを連想したんでしょうね、カミソリとはしかし、直接的な形容ではないから、物語り性をこの蕾から読みとった人がいるんでしょう。

「そういえば、狐の姿に似とりますね」

と彼女が言った。

昨日しげしげと、全開した白い花を見た。まぎれもなくそれは白い彼岸花だった。

真紅の花もよいが、白い花が月影の下に咲いているのはまことに妖美で、じっと見ていたら上村松園作の「焔」を連想した。ひとりの女人を描いたものだが、この世にも帰れずあの世にもゆけないような姿形で、白を基調に描きあげてある。羽織った小袖も、ほつれ髪を噛んだおとがいも、腕も青みをおびた白で、能面に近い表情が凄絶で美しい。頬と腕にはいくぶんふっくら味が残り、幽霊をここまで美しく描いた画はほかにないのではないか。

地面にとどこうとして、足と一緒に消えている髪。右横向きで、一点を凝視しながらまどっているような黒い眸《まみ》。男の人が見たらどう思うだろうか。白い小袖の背と袂にごくうすい紫で、萩に似た下り藤が描いてあるが、萩だと思ったのは、その上に大きな蜘蛛の巣がかぶせてあるからだろう。

こう書いているとわが庭の白い花も何かの化身に思えるけれども、今夜は二十日月だろうか。

餡なしの白団子でも作って供えようか。

（一九九七年十月一日）

もとの渚に潮が戻りたがる

空全体が青い色に発光しているような、そんな月夜だった。波の上に島影が見え、ひろがる海とは反対側の山の端から、月が出て来たのだった。
「おおっ、お月さんぞ」と誰かが言い、いっせいにみんな空を見た。

青い月夜の浜辺には
親を探して鳴く鳥が
波の国から生まれでる

そんな歌を歌っていた子どもの頃は、「青い月夜」の青は、月夜をより美しく崇めるための修辞だとばかり思っていたが、この年になってわたしはお月さまは青い夜空に懸かるものだということを初めて知った。

これまで見たこともない夜空の青、それは葡萄のようにまろみをおび、祈りたいくらい高貴な天と言ってよかった。

じっさいわたしたちは日の暮れ方から、そこで祈りの為に座っていた。街の灯から遠い、もとは海だった埋立地である。すぐ目の前に恋路島がどっしり横たわり、波の向うから祭のにぎわいのような人の声がきこえるのが不思議だった。そこは、チッソ工場百間排水口から吐き出された工場廃液によって徹底的に汚染され、水銀がもっとも堆積したヘドロの海を、国と県が埋め立てて造成した所で、公園化の工事が進む一方、まだ広大な空地の観を呈していて、子どもが来て遊んだり、アベックがよりつく恰好の場所になっている。

ここで四年前から「本願の会」では苦しみ死にした人たちの鎮魂のため、初秋の一夜、「火の祀り」をやっているのだが、今年は祀りの意味を確かめ深めるべく、前もってお籠りをしようということになった。かつてのヘドロの瘴気がまだ漂っているような気のする「親水護岸」のほとりには、患者を中心とする「本願の会」の手によって刻まれた小さなお地蔵さまが、もう三十体近く座っている。各地の有志から浄財もとどいて、会員たちは心をひきしめ、慣れぬ手でノミを振ってきた。緒方正人さんなどは、みんなが石彫りをする日は、朝暗いうちから起き、自宅から六時間も歩き続けて作業場入りする。

親水護岸と名がつくほどだから、コンクリートの階段が曲線状に海へ向ってせり出し、公衆便所が建ち、子どもたちの遊具が置いてあったりする。階段の手前にはなんのつもりか、モザイク状に板を張り、お祭り広場風にしてある。企画・施工にかかわった側の、精一杯の工夫なのだろう。まさか、何もなかったのだという見かけをとりたい訳ではなかろうが、こうも綺麗にされてしまっては、あの四十年前の地獄図を知るものたち、とくに親子、きょうだいに狂い死にされた患者たちの胸に、絶句する思いがわだかまるのはやむをえない。

お籠りの中心は女たち、ということになった。緒方正人さんと金刺順平くんが早朝からかけまわって、場所がそれとわかるように紫色の幔幕をひき、出来上がったお地蔵さまを安置し魂入れをすべく、幾人か坐れるよう準備をした。

二人で持ち寄った物を見れば、どこどこから見つくろって来たのか、葉っぱのついた笹竹、女の人に頼んだという紫の裏生地。丈夫な薄と栗の枝、香りの高い稲穂の束。木の杭、鋸、縄。供物を乗せる三方、白い徳利に白い土器。すべて古式にのっとった、「魂入れ」のための必需品である。見事な大鯛が二匹、正人さんの仕入れである。

このことの打ち合せのため集まりを持った時、

「なあ、このお籠りは、やっぱ宗教じゃろうか」

と誰かが言い出した。

「そらやっぱ、魂の供養じゃって、宗教のうちじゃろうもん」

「死んだ魂ば、もとのよか海に来てもらうわけじゃし」

杉本栄子さんが断を下すように言った。

「やっぱこりゃ宗教ばい。道子さん、何かお唱えばしてくれんな」

「あー？」

とわたしは声を出し、何宗じゃろうかと皆で首をひねっている。お地蔵さまなら弘法大師にちがいない。過ぐる昔、大阪チッソ本社株主総会に、巡礼団をひきいてもらった患者さんも、すでに亡い。あのお父さんならご詠歌をやるだろうが、まさか地蔵さまの前で、真宗寺でおぼえた正信偈をやるわけにはゆかない。

「宗教じゃろうか」

『花をたてまつる』という詩経を誦んでわたしもお勤めをした。

と皆さんが心配するのは、「本願の会」は闘いを忘れたのか、魂のなんのと云い出して、宗教くさいという声が聞えてくるからである。

宗教論議がしばらく続いた。

「おっどま、魂ば信じとるけん、祀るとじゃもん」

栄子さんがかみしめるように言って、話は進んだ。お籠りの中心になるのは、この会の発足寸前まで精力的にことを進めて倒れた田上義春さんの妻、京子さんと、長女百合ちゃん。杉本栄子さん。祖父と父親とを未認定のまま劇症で亡くし、お母さんも患者である開田理巳子さん。長い間、患者さんの集りに賄い方をやって来たわたしの妹も、末席に連なることになった。

その日になってみておどろいたが、去年(一九九六年)夏、「日月丸《にちげつ》」が東京に向って太平洋沿岸を東上した時、大きな船名を白布に書いてくれたチッソ工員山下善寛さんが、二日がかりでつくったという、月桂樹の冠がそれである。

料理に使うあのベーリーフの、枝についたままの生ま葉の冠は、古代ギリシャの女神がよく頭にのせているし、沖縄や八重山の司やノロたちは、今も、神名のついた草木の冠を神事のときにかぶる。何とも気品の高い香りがそこらじゅうに漂った。

沖縄の写真家、比嘉康雄氏から送られてきた『久高島イザイホウ』の写真集をみんなで回して見ているが、山下さんはそれを見て月桂樹の冠をつくったのだろうか、まだたずねてみる機会がない。

暗くなってから囲いの中に灯を入れた。蠟燭の火で、地蔵さまの表情がさまざま変った。久高島イザイホウのお籠りには「七ッ屋」という草ぶき小屋を男たちが作って、女の人たちがそこに籠る。台風常襲地帯で、島の安全と農漁業の豊かなることを祈願しての祀りが、十三年に一回、前後一ヶ月あまり、全島規模で行なわれる。

水俣での火の祀りは始まったばかりである。行く末どうなるだろうか。「環境創造みなまた」を願う一般市民の会に、このグループはほんのわずかに重なるが、そちらの会で、去年の「水俣病発生より四十年、もう患者たちを中心に立てなくともよいではないか」という主張が強く出てきた由である。

たしかにここ数年、とくに去年は、政府やマスコミの幕引きイベントに伴って、未認定患者らへの、意味の通らない一律二百六十万円支給ということがあった。けれども患者が中心であったと言えるのだろうか。

そういう動きとは別に、「本願の会」では、水俣の事態に象徴される日本人の悪しき変貌を心身に受けとめて、次の世紀へ生き直すとはどういうことだか、まず自分にたずねるということをはじめている。

みんな、言葉がやわらかい。声も姿も澄明だというべきか。

女たちばかりになった囲いの中で、わたしは、向い浄衣を着て坐った田上京子さんに尋ねた。

「猪は、どうなさいましたか」

困ったような微笑が月明の下でわかった。栄子さんがかわって答えた。

「もう、早うにな」

処分したのだそうだ。義春さんがぶっ倒れる前に、山から家の裏に遊びに来させ、そのまま囲いに誘い入れて飼っていた猪が、八頭もいた。楽しげに語ってくれていたのに、その主が倒れてはいたし方もない。

猪たちは、今夜のような月明の夜に、田上さんの裏に遊びに来ていたのだろうか。

腰の下あたりに潮の音がしていた。満潮だと、埋立地の下をくぐって滲み入り、五百メートルばかりを元の渚辺まで、潮は戻ろう、戻ろうとするのだそうである。「ぴたん、ぴたん、と埋立ての泥の下に音がする」のだと山下さんと開田さんは切なげに言った。その潮の戻ってくる元の渚辺で、不自由な手足の人たちが、「かなわぬ日が来るまで」ノミを握ろうと言っている。


（一九九七年十二月一日）

命の花火

昏れ入る前に、近くの水辺へよく散歩にゆく。その方角にゆくと、遠く雲仙嶽とおぼしきあたりに、落日を見れるからである。

うまくゆけば至福の一瞬ともいうべき夕茜のさまざまに出逢えるが、少しでも時間がずれると、雲も、空の色も刻一刻と変って、期待が外れてしまうことの方が多い。

冬の夕空はいったいに雲の層が厚く迫力がある。一週間ほど前に見た空は、外国の宗教画にでも出て来そうな豪壮な、デーモニッシュな様相をしていた。水辺の辺りは江津湖公園地帯で、いくらかまだ自然の趣を残していて、水際の木の間がくれに、落日を見ることになる。楊柳や椋の巨木、南京ハゼなど、かなり古木じみたシルエットを創っているので、その樹間に嵌めこめられた夕茜は、水面から天上に向って組み立てられた雄大なステンドグラスに見えた。

ヨーロッパの教会にステンドグラスが用いられるようになったのは、神の出現を思わせる雲の様相と茜の光彩を再現し、永遠にとどめたいと想った人間がいたからではないか、などと考えたことだった。

ある夕べ、対岸まで足をのばせば湖の上に靄《もや》が立ち、対岸の灯が水面ながらかそかに揺れ、水辺の樹々は葦の根元に没して、幽幻な一幅に見えることがある。いかにもおあつらえ向きというのか、湖中の小島に白い鷺までがゆっくり翔んで来ては、羽づくろいしているのだが、同じ水辺とは言っても、時刻と方角によって、墨絵の世界にはいりこんだような気持にさせられる。同じような空の色というのは一度もないのが、たいそう面白い。

思えばごくごく幼ない頃から、空を見ていて飽きなかった。椿の大樹の蔭の、草丈の低いところに茣蓙を敷き、その上に、綿を厚く入れた「モッコ」なる背負い布団を敷き、寝転がされて流れる白雲を眺めていたのが、空の不思議に目ざめた最初の記憶である。

おそらく畑仕事をする母が背中から下して寝かしつけていたのが、椿の花蜜の降る気配やら、蜂のぶんぶんいう気配に目を醒まし、最初に見た空と幼児の目が、その時同化してしまったのだろうか。目をあけたら世界は青く、無限に変化する雲の行くえに気をとられたのが始まりで、虹でもかかるとその下をくぐりたくて走り出したのが、六、七歳くらいだったろうか。

海に出たときは、ある種の衝撃を受けた。そこは人間の世界よりは小さな生命たちで満ち溢れ、死と生は連続する花火さながら海を彩《いろ》どって見えたからである。船に乗ってゆきたい、と思わなかったのはなぜだろう。それより、磯にいるものたちの、生き生きとした有様に心奪われてやまなかった。今もわたしの中にそのときの子供が居残っているのは、あそこで遊びつくせなかったせいかもしれない。

なにしろ、その頃の磯や干潟には、蟹のさまざま、木の根や葦の葉に登るハゼのさまざま、タコの子ども、岩に這って移動する巻貝《ミナ》のいろいろ、砂地にもぐるイソギンチャク、マテ貝、アサリ、ハマグリ、ブウ貝、ネコ貝、サクラ貝等々、潟や砂をひとかきすれば、動きまわるものたちが居ないということはなかった。

満ちても干いても、そこで食われて死ぬ者たちすら、生命界の奥から仕かけられた花火のようにきらきらしていた。もどかしい思いで、潮が干くのを追っかけてゆくとき、自分の中にも花火が呼応するような感じがあった。

わたしは思う。人間社会の中で、漁師さんたちほどあの、命の花火を持った人たちがいるだろうか。自分ではそうはおっしゃらないが、長年おつきあいしている間にひそかに観察して、そうとしか思えぬふしがある。生得的に、陸の上育ちのものたちとはちがうところがあって、魚が、人間に変身して、わたしたちをちらちら眺めているのではないか、と感じる時がある。しなやかな鮮度のよい感性で、わたしたちは眺められ、生態のなまった存在として、あの人たちから優しく観察されているのではないかと、わたしはここ数年来、思い続けている。

水俣の患者さんたち、といってもほんのひと握りの方々だが、お逢いしたあと、生きのよい魚体を両手でさわったような感触が残るのにこの頃気づく。重態になってゆかれる患者さんならなおのこと、ぐびぐびと動いている生命の力を感じるのだから、わたしたち、文明的市民生活をめざしている者たちは、生物学的衰弱ということをもっと自覚すべきではあるまいか。

たとえば法律とか政治とか、裁判とかから、あの生命感が失われているのはなぜだろうか。考えているとうんざりしてくる。そういう世界とは縁がないのだと思い直して、落日を追いかけ、散歩に出かける。

途中の道では空が狭い。郊外に近く、田園に接しているのだけれども、海辺に近い水俣の家にくらべると、住宅の密集度がいささかちがうので、視界が限られてくる。

ここまで書きかけてからついさっき、三十分ばかり歩いて来た。じつは昨日の晩から雪が降りはじめたのである。十数年ぶりのことで、そわそわとして落ちつかない。夜明けまで、カーテンのところへ立ってはガラス窓に額をくっつけ、降っているのか、いないのか、たしかめずにはいられなかった。大きな牡丹雪がぼとぼと降っていて、昼頃目醒めてみたら案の定、三センチばかりも積もっていた。

暖冬だ、暖冬だと思っていたので、しまい込んだ綿入れと湯タンポを取り出した。築後、五十年ばかり、隙間だらけの借家なので、外よりは寒いのである。ストーブを二ヶ所つけて、本格的な冬ごもり、という気分になった。ふくら雀のような気分で綿入れを羽織り、背中をストーブであぶっていると綿がふくらんでくるのがわかる。

雪は霏々と降る。やっぱり外へ出てみようか。十数年ぶりに雪が来たというのに、全身でこれを受けなくては、ちゃんとした冬を迎えたことにならない。

視界のひらけている一角を目ざしてゆく。やっぱりいつもの水辺に足が向く。落日の方角には分厚い雪雲がおっかぶさり、その下はまことに昧《くら》い。八代、人吉あたりであろうか。大雪かもしれない。

全身を包んでくる雪のひとひらひとひらには法則がない。右から左から、下から上へと泳ぐように舞う。雪が舞うとはよく言ったものである。不思議な気持ちになった。ひょっとして今ここは宇宙の深海ではあるまいか。

天の神さまが、今日はひとつ南の方にも雪の洞をいくつかこさえてみるか、とお考えになったかどうか。わたしの往き来する川べりの径も、永遠の彷徨に似て来て、それとても、偉大なあの雲の上から見ればごくごく小さな破れかけた繭の中で、右を向いたり左を向いたりしている蚕のようなものかもしれないと思ったことだった。

わたしたちは永遠ということを何となく知っているが、空のことを思うだけでも、昨日とまったく同じということはない。人生の辛酸をなめつくしたと思う人にも、ある日、浄福のおとずれのような、美しい夕茜に包まれる一瞬がある。

水俣に帰る列車の窓から、荘厳な茜の色に縁どられた黒雲を貫いて、天の柱のような陽の光が、まっすぐ太く、不知火海の上にさしているのをみることがある。季節や時間によって光の色も海の色も、向こうの島影もちがって見えるが、神々しさに変りはない。

生命という生命は、今あの光の下の海で、たしかに受胎しつつあるのだと、見るたびにおもう。そして、海の中に連鎖して爆ぜる命たちの花火を、うつつに視ているような気持になる。

（一九九八年二月一日）

橋の口にて

足をくじいて、外歩き出来なくなってもう一ヶ月半になる。

散歩中に、何をうっかりしていたのか、木の株とか、石とか障碍物も何もない平地で、右の足首が内へめくれこんだような感じがして転びかけた。いっそくるくる転んだ方がよかったのかもしれない。

転ぶまいとして踏み止まり、めくれかけた足首に圧力がかかった。血こそ流れなかったが、私の経験の中では、一番の重症だったと、日に日に思いつつある。足の指の先まで内出血が毎日伸びていって、それがとれるまで一と月はかかった。

今は足首の痛みがとれかかり、ふくら脛と膝のうしろ、大腿部へと痛みと痺れが上がって来た。一と月ほどしてから、二十分ばかり、試し歩きをしてみたのがいけなかったのだろうか。情けない躰になったと思うが、この間、治療に通うほかは、机を離れず、新聞連載小説の資料読みと執筆が少しははかどった。

それにしてもなぜそんな転び方をしたのかと友人たちによく言われる。外国人の研究者などは、京都から電話をかけて来て叱るのである。

「やっぱりミチコサンですねえ、いつも魂が飛んでるからですよ。地面を向いて歩いていないのでしょ。犬だってそんなところで転ばないわ」

まあ外国人だから日本の犬、いや熊本の犬のことはご存知ない。障碍物があろうと無かろうと、犬は転ばない。しかし、電話で聞いた時は、犬よりはたしかにうっかりした人間だと思ったのだった。

こういう話をすると、友人の一人でお呪《まじな》いの好きな松代さんなら早速声をひそめて手を合わせるであろう。そしてこう忠告するにちがいない。

「うんにゃ、そら、あればい。そこにきっと居らしたにちがいなかですよ」

どなた様だか、見えないお方がそこにかがんでおられたにちがいない、と彼女はいう。それを知らずに考え事をしていて、ミチコサンが前を突っ切ったにちがいない。で、そしてそこは、どういう景色の場所じゃったかな、と彼女は尋ねる。

「橋の入り口でした」

「あらぁ、やっぱり、なあ」

と眉をひそめる彼女。

「大きなコンクリ橋で、車のどんどん通りよりました」

「ふむ、ふむ」

「川塘ば歩いて来て」

「川塘、ああ、そうじゃろ、そういう所がなあ、一番危なかよ」

「やっぱそうでしょうか」

「そうですとも、何さまのおらすか、分からんよ、ああいうところにゃ」

「そんなに、うんと、おらすとでしょうか」

「そりゃあんた、あそこにゃ十五年ばかり前まで、太か柳の木の、前の橋の時代に立っとりましたじゃろ、知っとんなはる？」

「はい、木の橋の崩れ落ちて、柳が一本、長い間残っておって、そのうち切られて」

「そうでした。ああた、あの古か時代の橋、どういう人たちが、あの上ば通ったち思いなはるか」

「そういえばほんと、昔、どういう人たちが通りよったでしょうねえ、人間、善か日ばかりはありませんからねえ」

「そこに気のつきなはったか。橋の入り口じゃの、橋の下じゃのには、いろいろ、おらすとですよ、今でも。人間ばかりとは限らんですよ。足の無か人たちもおらすとですよ」

「あれまあ、ほんに。するというと……」

わたしはあんまり怖くなさそうな名前を出して、お伺いを立ててみた。

「この頃は狸も町に出て来るそうですもんね。あそこの南京杙《はぜ》の根元に、洞穴のあるとじゃなかでしょうか」

松代さんはやや馬鹿にしたようにわたしを見て、呪ってやらないから、というような目付きになった。わたしは下手に出た。

「狸は祟りませんかねえ」

「うんね、狸も馬鹿にならんですよ。五百年ばかり経っとるなら、そりゃ祟るですよ。でもなあ、ミチコサン、一ヶ月半も経って治りきらんちゅうはそりゃ、何じゃろうか。うん、こりゃあ動物園の大蛇の、素脱けた通り道ばああた、踏み当てなはったですよきっと。その毒の残っとったですよ。あげんふうに車のわんわん通るとですけん。その毒の飛び汁の残っとったですよ。

あそこはですね、加藤清正の築きなはった土手でしょうが。その工事の時に、大蛇のですね、昔の土手の榎の洞におったそうですよ。あそこの江津の湖、往たり来たりして遊びおったそうですよ。動物園の出来ましたらね、アフリカから来た錦蛇と馴染《なじ》みになって、夜中には寄り添うとるそうで、あの橋の口はその通り道ですがな。年とった蛇なら、通ったあとのあの蛇腹の跡もですね、踏んだ者を、鎌首あげて噛むちゅうですもんねえ」

ほんとかしら、いやしかし待てよ。

そういえばあの時、ひっきりなしに通る車にばかり気をとられて、足許を見ていなかった。何かふわりとした感じで、足首が内側にめくれ込んだのだ。大蛇の素脱けたあとの、地面に残った見えない蛇腹の跡が、ふわりと巻きついてきて転んだのだろうか。

まこと不覚というか、めずらしいと言うべきか。

最初のうち、温めてはいけない、風呂も炬燵も我慢するようにといわれた。寒はつらいし、座り仕事だもので炬燵に入らぬ訳にはゆかなかったが、風呂の方は我慢して一週間ほど経ち、湿布をはがして足首を洗った時、ぞろりぞろりと垢が落ちた。思えばあの垢にまじって、縄の形に似た影のようなものが、いやいや、松代さんに言わせると、往き来する車に轢かれた蛇腹の跡の飛び汁が、少しは落ちたのかもしれなかった。

春先の災難だった。ここ一週間ばかり集中して治療を受け、少し歩ける気がして来た。梅がひらいたのも見にゆけなかった。治療師さんが、もう桜がひらきおります、今年は早かですねえ、とおっしゃる。

歩けるようになったらまっ先にあの、橋の口に行ってみたい。まず柏手を打って、花など置いて来ようか。月夜に脱皮して、ここを通るかもしれない昔の大蛇のために、恋の成就を祈るとしよう。蛇には赤い木瓜の花が似合いそうに思えるが、木瓜はもう過ぎかけているから、椿にするか。

捧げ物には蛙になるにはまだのおたまじゃくしを澤山すくって竹笊に入れてと考えなくもないが、この足で水に入るのは億劫である。それに、橋の下の水は大そう深そうで長い水藻がゆれていて、一度入ったら手足をからめ取られそうである。溺れでもしたら、今度はあの松代さんに、

「よかですか、ああた、目えぱちくりして、照れ笑いしよらすけれども、ああたはもう大蛇のお腹の中におらすとですよ。そこはもう、この世とはちがうとですよ」

などと言われかねない。

今度通る時はうんと腰を低くして要心しいしい通らねばならないが、切られた柳の子だか孫だか、水辺にはあそこここに柳があって、春の兆しといえば、川面に垂れた糸のような枝に、今頃はうすい緑の芽が芽吹いているにちがいないのである。

昔は見なかった光景だが、小学生、あるいは中学低学年とおぼしき男の子たちが釣り糸を垂れているのがわたしには珍しい。昔、幼い頃に見かけた男の子たちは、みんなサデ網というものを持って川に入り、浅い岸辺にそれをさし入れて、草の蔭に隠れているエビや鮒を片

足で追い出しながら半円形をしたサデ網ですくい上げるのだった。長じて安来節を踊る時に、もと小学生男子たちはこの、サデ網に足でドジョウをかき入れる動作をする名人がいたものである。

私が足首をくわえられた水辺では、こんな網を見ない。川の方が水藻をゆらせて網をつくり、人間が転がりこんで来るのを待っていそうな気がする。

（一九九八年四月一日）

葛の葉

出来上らない家の夢をよく見る。

川口で拾い集めて来た寄れ木のようなのをつぎはぎした、小屋まがいの家は出来上らないまま朽ちかかり、その上に葛かずらが這っている。上り藤の形をした赤紫の花房の、香りまでちゃんと匂うのだが、どういう訳で夢にまで出て香るのだろうか。

家と葛かずらは夢の中にしつこく出てくるテーマで、情景が展開する間も、醒めてからも、なんともいえぬ喪失感と惜別の情が胸をかむ。

朽ちてゆくぼろ家に、父がいる時もある。手造りの家なもので、鉋くずが身近に散らかっている。石工の仕事が全くなくなって、川の護岸工事も家々の土台も、鳥居でさえも、コンクリートブロックに替わりつつある時代を、失業したままノミを鉋に替えてでも、手仕事をしたかったのだろう。創意工夫の名人といえば聞えはいいが、金になるものではなく、並の貧乏ではなかった。

夢の中の景色はじつにものさびしい。葛のかずらは何の意味か、ちゃんと出来上らない家に、もうすぐ巻きつきそうでもある。わたしの家系にずっと巻きついてきて、骨たちを抱き、土の中に消化し再生して一体となり、生命の野生というのを無心に見せているのだろうか。香りには気品がある。

しかし鑑賞用の花にするには、赤紫の色がきつすぎ、葉も広すぎる。

恋しくばたずね来てみよ和泉《いずみ》なる信太《しのだ》の森のうらみ葛の葉

狐が、人間の男との間に出来たわが子と別れる時、障子に書きつけたというこの歌がわたしは好きである。子への言葉として、うらみ葛の葉とは、ひっかかるが、その時の狐の気分としては、そうも言いたかったろうかと、作者の気持が分らなくもない。ちなみに葛の葉とは狐の名であって、わたしはこの子別れ物語を幼い頃、祖父の権妻《ごん》さまからよく聞かされ、並々ならず感情移入して聞いたものである。

なんとか、狐親子に近づきになって、わたしも狐にしてもらいたい一心で、今はなくなってしまったが、大回《うまわ》りの塘《とも》という海辺の土手にゆき、あくことなく芒の穂や野菊の花をちぎっては頭に乗せてみるが、狐になることなど出来なかった。

五つ六つの頃だろうか。家から幼児の足で小一時間はかかる所だったろうか。土手には神秘な海風が通り、人に逢うことはなかった。芒がゆれ、野菊の花が夕映えを吸っている道であったから、そのうちわたしは、もとは狐の子で、今、何かのわけがあって人間の子になっているのだと思いはじめた。それがなかなか、もとの狐になることができない。

狐の子に戻りたい、戻りたい。一心に菊の花を頭に乗せながら失敗をくり返していると、そこら一面の芒の株のここかしこから狐たちが覗いていて、まるで化け方をのみこめない子を、くすくす笑いながら覗いている、というふうに思えば、間が悪いというか何というか。

なぜそれほどまで変身願望が昂じていたのかというと、子どもながら、今は仮の世を生きていて、故あって人間の姿をしているのだが、できうれば狐の姿にもどりたい、そう願っていたと思う。たいそう倒錯しているようだが、ただのあそびであったとも思えない。

わたしの母の葛の葉がそこらにいるのなら、早く抱き取りに来てくれて、狐の子にしてほしかった。母が今生きておれば語って見たいが、わたしという不幸者はひそかに、母の春野もほんとうは狐で、何かの罪を背負って人間にされて、もとの狐になるすべを忘れたのではないか、とひそかに思っていた。それゆえに、その子が狐に戻れないのは当り前じゃと。

もしこんな話を打ち明けたら、あの春野さんのことだから、あっけにとられて、まさかと思いつつ、だんだん本気になって、ひょっとすればわたしは狐で、姿は人間かもなどと思いながらそろっと自分の掌を袖口から出して眺めたりするのではあるまいか。

書いているうち思い当って来たが、そうまで人間を脱け出したかったのは、幼いなりにこの世と合わず、たいそうなじみ難いという気持が心ひそかに昂じていたからだと思う。不幸という言葉をその頃知らなかったけれども、母や父をみていて、あるいは祖母や祖父を見ていて、ほのぼのと笑まう表情も見せることはあったにしても、押し寄せてくる苦難を受け入れ、それと同居しようとして、孤独な優しい姿になっていたようにおもう。

夢の中で変らないのは貧しい家の中を、海の夕茜がいつも照らしていることである。

家の出来上りぐあいというか、出来そこないぶりは頭の中の図面とは度毎にちがうけれども、場所はほぼ一定している。とはいっても、その場所にも地殻の年齢が夢毎にちがって現われ、目じるしである丘が鋭い峰になってそびえていたり、とんでもない湧水量を含んだ水を中腹のあたりから、わっくわっくとあふれさせて、わたしは海老取りに忙しかったりする。三年くらい前に見た夢では、丘の中腹の坂道を歩いていたら、いきなり海の潮が川の形になって、それも北斎描くところの白い大浪となって上ってくるのには肝をひやした。

潮に巻きとられぬように飛んで逃げるのだが、目の下にある出来そこないの家が葛の葉に守られているのは不思議だった。

この名前をつけてみると、じつにしっくりとして、葛の葉とは古くから馴れ親しんで来た間柄に思える。和泉の国の信太の森という語感からして、風土が生んだ物語で、一面の葛かずらの野っ原というのがイメージに残る。わたしの夢の不安と侘びしさは、引っこ抜かれてゆくばかりの、葛かずらの侘びしさかもしれない。

今朝方の夢は珍しくも、思わぬしあわせに恵まれた。

何とあの、聖霊（と思うのだが）が姿を持って、わたしの胸にのぼって来たのである。聖霊などという言葉を使うのはわたしには似つかわしくないが、このごろ、島原の乱の頃の切支丹文献を読むようになって、日本の土俗的な魂とはだいぶ趣のちがうアニマというのを考えざるをえない。

切支丹にならなければ霊魂すなわちそのアニマは、インフェルノ（地獄）に墜ちるほかないという伴天連たちの教えには、正直言って全面的には肯けないが、当時は愛という言葉はまだなくて、「隣人をわが身のごとくに大切に」というのを教義の中心においていた。

そういうのを読んでいるせいなのかどうか、聖霊の可愛いい使いが夢の中にやって来た。働きすぎてぶっ倒れているわたしを、先生方が取り囲んで、困っておられるようだった。手術は、怖がりやのわたしだから、メスを見ただけで死んでしまうだろうし、起こす手だてはない。わたしはまた、体力も気力もないので、ええままよとふて寝をきめこんでいる。

しーんとしているベッドのまわり。しばらくして異変が起きた。先生方の腰のあたりから、蝶の羽根の立てるような風のさざ波が起きはじめた。先生方はあっと声を出してそのさざ波のもとをたしかめ、止めようとなさる。正体は知れないが、この世に出現させてはならない者が動き出して、ここへ進入しようとしているのである。荒い声をだしてはそれが死んでしまうので、この上ない繊細さと慎重さで、進入を阻止しなければならないようだった。

慌てふためいているベッドのまわり。しかし相手は何のためらいもなくその阻止線を突破、羽毛のような軽さでおヘソの上辺りに止まり、そこから上ってくる。雨蛙の足のような肌ざわりで実に愛らしい。先生方にも見えて来た。

「殺すなよ、慎重にかぶせて」

黄金色のうすいうすい繭のようなものがかぶせられ、わたしはそっと手で囲った。虫でもなく鳥でもなく、崇高で、愛らしい者がわたしの胸にしがみついていた。

（一九九八年六月一日）

お堂の縁の下で

砂漠だったならば、こんなに水分を攝《と》れるはずもなく、またそんなことをしたら、先々遠い行程に、水切れしてしまい、ほどなく骸骨になるだろう、などと思いながら、やたらと熱い緑茶を飲む。

まるで、躰の中をお茶で洗っているように飲んでいる時がある。冷房中の小さな和室の中だが、汗だくになる。風呂湧かしてはいろうかしらと考えかけ、一体何をしているのだ、お前さんはと思う。

書きかけの原稿を中断して突然ちがうことを考えはじめると、疲れ目に一滴の目薬をさす如くお茶を飲むのだが、やたら汗をかいて時間をとられる。緑色のお茶を疲れた精神に注ぐというつもりと汗が噴き出すのとでは、たいそう差があって、わたしのやることなすことは、おびただしいムダから成っているのだと気づかされる。

世の中にはしかし、じつに効率的にスピーディに仕事をこなしている人もあって、ぐずぐずの典型であるわたしの仕事部屋を覗いてこうおっしゃった方がある。

「ぼくはね、短い随筆なんかは立ったまま書いちゃいますよ」

これにはびっくりしたが、この方は歴史学者で、あちこちの雑誌でよくお名前を見かける。今はやりのワープロやビデオテープなど、みんながまだ神話として語っていた頃から使いこなしていらっしゃった。わたしはそんなお話をたいそう興味ぶかく感心して聞いた。

「仕事が捗《はかど》りますから、おすすめですよ」

といわれると、自分にはとても出来そうもないので、やや混乱しながら、

「とてもそれは、よさそうですねえ」

などとあいまいに答える。

カメラを三台毀し、テープレコーダーを数台毀し、レコードプレーヤーというのも、念願を立てて買ったのに、五曲も聴かないうちに、動かなくなって、若い人にあげてしまった。修繕すれば直るとのことであったが、その彼がいうには、

「あれこれおかしな指令を出すから、機器がパニックになってると思うんだけど」

ということであるらしい。

わたしには幼児性好奇心ともいうべきものがあって、不思議気分でボタンを押すうち、あ

れっと気がついた時は、機器の方もわたしも一緒に、おかしなあんばいになっているのである。

　家電器具といえば家にいて使いこなすものだろうけれども、こう片っぱしから毀しては、この上ワープロだの、ビデオだのとは、言い出すのもおこがましい。

　そのあとまたこの先生が、

「やってみましたか」

と尋ねて下さったのに、実行できなかった。言う甲斐もないと思われたのであろう。今ではおっしゃらない。

　考えてみると、この方などは特別のスーパー人間で、

「ワープロを使いつけておけば、外国に行っても、行った先で、原稿やりとりできますよ」

とおっしゃるくらいである。

　つくづく思うが、わたしなどは、そういうものを使う前にまず、自分自身をさえ、うまく使いこなすことが出来ないでいる。

　かの先生だけではないが、神さまがとくに入念におつくりになったかと思えるほどな、バランスの統一された精緻な生活感覚を持つ人がこの世にはいらっしゃる。それにくらべて、こうやりたいと自分では願っているのに、やることなすことが、全然思うようにゆかないと

自覚する人は多いのではなかろうか。

亡き母が思い出し笑いをしながら語っていたことがある。

「天草でね、小ぉまか頃、お堂の下に時々、笊《しょうけ》作る人の泊まりに来よらしたがね。一家して、子供衆も四、五人連れて、祭の頃は毎年来よらした。笊はあんまり上手な方じゃあなかったろ。近所の人たちもみんなちっと変ったしょうけじゃち、言いよらしたもん」

そういうと嬉しげにうふふと忍び笑いをするのだった。

「そるばってん、ちゃんと儲かりおらしたごたる。あんね、作んなはるとね、いっちょ、いっちょ、太さの違うとじゃもん」

わたしはいう。

「そりゃ、注文のあろうけん」

「うん、それがね。注文はちがうじゃろうが、たとえばね、八代女篭《やっちろめご》ば一荷《いっか》頼むじゃろ。一荷なら、前に荷うとも後ろに荷うとも同じにならんばいかんど。それが前うしろ、深さもちがえば、太さも形もね、違うとった」

「あら面白さ、形までなあ」

「うん、面白かった。だいぶ、歪《よご》うどりよった」

「それで、値段のよかわけ」

「負けどもはしなはらん。小父さん、こりゃだいぶ、歪うどるなあち、小母さんたちの言いなはればね、

はい、ちっとなあ、ハイカラに出来ました。馬の肥しも入れられるし、花柴も立てられる、赤子も入れてよか。いろいろ、使いわけの利きますばい。それに一軒々、違うごつ作ってあるけんが、隣のと、間違うこたぁありまっせん。いつもの値段に負けときますち、澄まして言わすもんで、小母さんたちの、当ての外れてな、五助やんにゃかなわんち、いいよらした」

「どこから来る人じゃったろか」

「どこから来よらしたろか。熊本なまりじゃろうかねえ、あれは。一ヶ月ばかりづつ、お堂の下で竹編んで、笊作って、嫁御はそこらの石拾うてクド作って、鍋でママ炊いてね、またどこさねか往って、ああいう暮らしも、悪うはなかねえ」

五助やんの八代女篭はわが家にもあって、大へん丈夫だと母は言っていた。なぜ八代と名がついていたのか、今も農家ではあれを使っているのだろうか。

「近所の子供たちが遠うから見て、走って戻って、五助どん方は、今夜は鰯ば焼きよらしたち、親にいうたり、カライモ焼いて食いよらしたとか言いよったがねえ。

銭の足らんなら、礼は米なり、魚なり、カライモでもよかばいた、ち言いおらしたもんで、

お堂の下にゃ、カライモじゃの大根じゃの積んであってね、食べきれずに、切り干し大根じゃの、干し鰯じゃのつくってね、縁の下の柱に縄かけ渡して、上手に切り干しの出来とったが、世帯持ちのよかごたったよ。

夫婦ゲンカのあった明けの日はすぐもう話になってね、あっちこっちで話の賑わいよったよ」

母は五助やん一家の話をするのが好きだったが、幼ない時に見たこの笊作りさんたちの生き方に、あこがれていたふしもある。

というのもわたしの幼時、大へんな負債を抱えたまま、土木請負業の家が倒産した時のことを、かの歴史学者の先生に語って、

「大へんな苦労をなさったんですねえ」

と労わって下さるのに、母はこう言ったそうである。

「いいえェ、山も全部、何んも彼んも売り払うて、人夫衆にも満足なことは出来ませんでしたが、無一文になってしもうたのが、一番、楽でございました。もうほんに、すっからかんになったのが一番嬉しゅうございました」

「二日で米一俵を食べてしまいよった」というから、よっぽどの世帯だったのだろう。実母が発狂するような事情をも抱えて、まだ年の若かった母には、破産という事態は、あらゆる

くびきから解放される一瞬だったようである。

天草の村のお堂の下に来た一家の姿は、今はもう見ることの出来ない「山窩」の、里に下りて来た生活ではなかったか。

幼なかった母の目にそれはつよく刻印されて、生活の重圧の中で一種の理想境として思い画かれていたのだろうか。

母の後半生はしかし、折角肩の荷を下す一瞬を持ったにかかわらず、極貧にとらわれ直しての一生だった。

ひょっとするとわたしも、お堂の下や、橋の下を渡り歩く人たちになったかもしれない。


（一九九八年八月一日）

石の中の蓮

四、五年前、ダムに沈んだ村のことを小説に書いた。実録ではなくて、フィクションに仕立てて描きたいと思い続けていた。

今の時代というものもその中に取り入れるべく、日でりが続いたらダムはどうなるか、現実よりは少し進んだ情況を設定していたのである。

わたしの描きたかったのは、思いを残して村を離れた人びとが、どんな気持で人工の湖を見に来るか、水底の村をのぞきに来るかということだった。というのも、現実のダムの湖底に自分の故郷を沈められているお年寄たちに逢うことがあって、その人びとの口から、かわるがわる、聞いた言葉があるからである。

「夢にみるのは葛原のことばかり」

今でもそれを聞いた時の、哀切な声の響きがありありと思い出される。

物語りの一つの山場は、夢の中でしか故郷に帰れない人びとを、湖底の村に連れてゆくことだった。その為には、湖底を干あがらせなければならない。

もと湖底の村の誰かに、ダムを爆破させて水を抜こうか、その役目は若い人にやらせようか、それとも若い時、北支戦線かどこかに征ったことのあるお爺さんの、冥途の土産にやってもらおうかなどと考えていた。

それはしかし、いかにも過激すぎる。そうだ、記録的な日でりがやって来るという設定にしよう。今のように山々を濫伐し、川の源流から海辺まで、水の道をU字溝にし、地面という地面はコンクリートで密閉していたら、地上はどんどん熱くなって、そのうちほんとうに草木も枯れて雨も来なくなり、この列島も砂漠になってしまうのだから。とんでもない日でりが来た状態を描いてみたかった。

ところがである。稲が穂孕《はら》みした景色が、人吉盆地にひろがった、と想定した頃から、現実に、日でりが始まったのである。モデルというか、ヒントになったのは、人吉地方にある市房ダムであったのだが、それがどんどん干上っていると、テレビが言いはじめた。

いや困ったとわたしは思う。小説がそこまでゆかないうちに、現実のダムが先に干上ってしまっては、具合いが悪い。心配になって、若い男の友人に頼んで連れて行ってもらった。一人は二十年くらい前に市房ダムを見せに連れて行ってくれた小説家仲間、一人は新聞記者。

職業はともあれ二人に頼んだのは、現場に着いて、水の引いた湖底に立ったとき、そのぬかるみに、わたしがはまったら、いち早く引き揚げてくれそうな体力の持ち主、ということを考えたのであった。

水の引いてしまったダムの底を何と形容すればよかろうか。閉じこめられた村の瘴気が、泡立ちながらのぼってくる、というように見えた。ダムが出来てから三十数年経っているとのこと、ということは、村が沈められて三十有余年ということである。

沈められていた村への下り口がなかなか見つからないのが意外であった。もっとも男性二人には、ひょいと飛び降りられる、もと畠の斜面などがなくもないのだが、足腰のすっかり弱っているわたしには道が見つからなくて、崖を登り下りする気持で着地したのである。

木の根、草の根に摑まりながら足を伸ばそうとして、ふっと、ためらった。姿の見えないダムの主《ぬし》、もとの村の、外には出てゆかずにダムの底に残った魂たちに、

「無断で入るな」

と咎められたような気がしたのである。

幸い小説家で夜間高校教師の前山光則さんが、球磨焼酎のお神酒を持参しているのを思い出した。ちゃんとご挨拶をいたしますから、という気持で足を下した。ゴム長を背負って来たのがよかった。案の定、ぬかるみであった。

小学校の跡の国旗掲揚台、ちぢかんだ膠のようになってしまった銀杏の樹。そこは谷間の高台で、生きていた頃この銀杏は、夕暮れの谷間を荘厳していたことだろう。なんというのか、前屈みになってちぢかんでいる大銀杏の姿を見たとたんに、どうしようもない怒りがこみあげた。

昔の村を知っているわけではない。立ち木の一本も知らないよそ者のわたしである。それが突然自分の足許が流れ出したような、流失する時間の中に巻きとられた感じを持った。何も止められない、どんどん流れてゆくと思う。流れていったものたちが振り返ることも忘れた、元の住み家がごぼごぼの沼となって、いま白昼の目前にある。思わず南無阿弥陀仏と唱えてしまった。

そんな気持になったのは、横たわっている墓石が目に入ったせいかもしれなかった。若い二人も、おお、とか、うーんとか、唸っているばかりで、何とも凄まじい、空しい景色で、草木の一本もない腐ったような泥土の世界である。

人間は大きな、犯してはならない罪を犯しつつあるのではないかという気がしてくる。その罪がひしひしと肩に乗ってくる気がして、墓石の積んであるところにかがみこみ、刻みつけられた文字を読んだ。

信心ぶかい村だったことがよくわかる。墓碑のつくりがどことなく優しげで、どこが違うのかとつくづく眺めたが、横になっているその石の頭が、真四角ではなく、角立たぬよう面取りしてあり、それに添うような線を入れて縁取りがなされているのだった。

赤んぼの墓碑がいくつかあった。愛らしく作られていた。印象ぶかいのは、墓石の額に、蓮の花が一輪、刻みこんであることだった。だから墓碑たちは、蓮の印を一輪、額につけてもらって、湖底に眠っていたことになる。ちょっと目には彼岸花のようにも見える簡略な線描の蓮が、乾いた水苔の下からのぞいているのを見て、わたしはほっとした。墓石をそのように作るのは、この地方の習いかもしれないが、どこの石工の手がこの墓を刻んだのだろう。出来上って遺族たちと墓地に運び、このように横に寝かされるまで、どんな人びとのやりとりがあったのだろうと想像した。

赤んぼうの花は、ひときわ入念に刻みこまれ、あたかもねむった瞼が見えるようであった。わたしと死者たちとの対話が、ぽつり、ぽつりと始まった。そうか、招き寄せられて来たのかとわたしは思った。

人間たちの戒名、俗名を泥土の中に読んでゆくうち、「草木虫魚万霊供養塔　古屋敷村民一同」と刻んだのがあり、人間の墓と少しもちがわない。花もちゃんとつけてもらって、人間たちのものと一緒にダムの澱をかぶっている。

供養の塔と刻むからには建立の日には、村民たちが集まったはずである。供えものは何であったろうか。どんな物腰をした村人たちであったろうか。

そくそくと胸せまる情景で、思い返すだにまぶたが熱くなる。

ここの村民たちはどこに散って行ったのだろうか。あの年、墓が出て来たことを知ったもと村民たちがお参りに行って、供養をしたのだそうだ、という話を最近聞いた。

あの村のような心を持った日本人があちこちにいるかぎり、日本は大丈夫だという気もしている。反対運動も起きかけたそうだが、外側の誰もそのことに注目しなかった。それにしても、

「夢に出てくるのは、生まれ里の山川ばかり」

とは、いよいよ最後のメッセージのような気がする。

（一九九八年十月一日）

産湯の記憶

このところ、歴史小説というとちょっと違う気がするが、島原・天草の乱を材にとった長篇を書いている。

あまりにたくさんの人間を創り出したものだから、名前をとり違えて、甚兵衛さんが小佐衛門さんになったりすることがしばしばである。原稿を取りに来る記者さんが遠慮しいしい、

「あの、この甚兵衛さんは、最初出て来た甚兵衛さんとは、別の人にも思えるんですが」

とおっしゃる。

しかし、人の名前は、日常ふだんにしばしば忘れることだし、あらあらと申し訳なく思うが、テレビの『女の大研究』のなかでどこかの先生が、

「忘れるという脳の働きは、じつは大切だ」

と言われたので、安心した。しかし、今度ばかりは、記録的な夏の暑さが間にはさまった

ので、しばしば冷蔵庫の中の物を腐らせて、これには参った。

知り合いの女医さんが、半病人になって書いているのをあわれんで、梨を持って来て下さった。大きなのを出して並べながらこうおっしゃる。

「今年の梨はですね、木に成ったまんまで、煮えとるそうですよ。食べればそれがよう分ります。見た目にもですね、半透明になって、煮えとるですよ。これは、煮えとらんと思いますよ」

そういえば今年はいつになく梨が欲しかった。わたしの頭も躰も、半分といわず、だいぶ煮えていたのではなかろうか。これで予定以上に、老化が進みはしないかと思うが、なに、それもやがて、忘れることだろう。

十月いっぱい猛暑であった。首の筋も肩もこちこちに凝って、髪は汚れ放題。洗おうにも気力がない。

どでんとひしゃげてしまったような躰をひきずって、近くの美容院に行った。人さまに洗って頂こうと思ったのである。これが何とも気持よかった。

いい齢をした大人が頭を預けて、赤ちゃんのように洗ってもらうのは、いかにもものぐさをしているようで、恥ずかしいではないか、などと思いつつ、熱すぎない湯加減で洗ってもらう。

その人の指が、両耳のつけ根よりやや上の方を軽く摑んで、絶妙にお湯の中に浮かし、片方の手が、じつに上手に洗ってくれる。そのうち、なんとも不思議な、赤んぼの頃の感覚が、わたしの後頭部に戻って来たのである。

ああ、こんなふうに赤んぼの頃、湯槽の中で頭を洗ってもらっていたな、と思う。それは母の掌のようでもあり、お産婆さんの掌のようでもあった。そして自分が、赤んぼの頭を洗っていた掌の感触でもあった。

ありありと思い出したことだが、わたしの弟妹すべてがお世話になったお産婆さんがいた。昭和初期から戦後すぐの頃まで、水俣の赤んぼたちの半分くらいは、ひょっとするとこの人の手で、取り上げてもらったのではないかしら。母のお産の度にわたしは、この人の所まで走って行ったものである。

松本産婆さんとわたしの家では称んでいた。髪をいつも、二〇三高地という形に結っておられたが、夜明け近くに呼びに行ってもその髪が乱れていることはなく、糊のきいた白いエプロンを着け、黒皮のピカピカした分厚い鞄を下げて、小走りに走ってくる姿は心強かった。町でそんな髪形をしている人は誰もいず、非常にハイカラなような、あるいはとてつもなく古いような感じでもあった。母の若い頃の写真に似たような髪形があるが、松本産婆さんのは、額の上が高く盛り上がっていて、たとえばそれは、独立不羈とでも言ってよいように、そびえていたのである。

見識のある人、と父が敬っていたのは髪のせいばかりではなかろうが、子供のわたしが呼びに行っている間に、父は大釜に湯を沸かして、恭々しくこの人をまっているのが常であった。

わたしはこの人が黒い鞄をひらいて、鉗子だの油紙だの、ピンセットだの、注射器だのをきちんと調べるのを、息をつめて眺めているのだが、おなかのぽんと盛り上った赤子を、エプロンの袖をたくしあげ、左の指で摑んで湯の中に浮かせ、下ろし立てのガーゼを胸に掛けてやって、

「おお、おお、せっかく生まれたわけじゃ。親孝行しなはりよ」

などと声をかけながら、頭、くび、胸、腹、股と洗ってやり、ひょいと掌の上でひっくり返して、水を呑ませないよう指でアゴを支え、背中を洗う。絶妙な腕と指の動きだった。

三十三日間は一日も休まず産湯を使わせに来る。わたしは飽きもせずにこの産湯の使わせ方を目で習った。掌をひろげて赤んぼの頭を支えているそのバランスというか、赤んぼを安心させる指とその掌に魅せられていたのではあるまいか。

素裸の胸に八の字に両掌を寄せて、胸から少しでも離れると、赤んぼはこの世から置いてけぼりにされるとでもいうように身ぶるいして泣く。すると産婆さんは、ガーゼを、もやも

や動く小さな腕にかけ、湯をしゃくりかけて胸につけてやる。

それで安心するらしく、赤んぼながらいかにも気持よさそうである。天地の間に素裸で、心配の種は一切ない、というあの境地、前途の多難をあわれんで二度とはない浄福の時間を、どの子にも神さまが下さるのであろう。

というようなことを、頭をあずけて洗ってもらいながらわたしは思っていた。両耳の裏を摑んでいる指のぐあいが、それほど絶妙だったのだ。

あらためて、手の技、ということを考えた。

たとえば「現在の隠れた匠たち」というのを選定して、その技能を若い世代に伝えねばならないが、髪洗いなどは、物を造って並べて見せるのとはちがい、一人々々、洗ってもらってはじめてその指使いの快さが分るのである。わたしなどは、赤んぼの頃の記憶、それも感覚の記憶が全部戻ったと思ったほどで、その他、今まで考えに浮かばなかった事どもをいろいろ思いつつある。

人の手や指の感覚というものは、薪を束ねたり割ったり壁を塗ったり、ものを縫ったり耕したり、なにしろひんぱんに何かに接した関係をつなぐことから生まれる。

若い男のお医者さんが、赤ちゃんを取り上げるシーンをテレビで見て、うーんと思ったが、能楽の大鼓を打つ大倉正之助さんはお産につきそって、自分の子どもさんを全部取りあげるそうである。奥さんは「大へん安心します」とおっしゃっていた。

近頃の生活ではとくに子供らは、指は電気機器のボタンを押すだけになっているのではあるまいか。指の痴呆化、無思考がはじまっているのではないか。

存在の実質をたしかめうるもっともデリケートな、神の指先のごときを、わたしたちは与えられているはずだけれども。

ボタンを押すのではなく指は考え、心のしるしを相手に捺すのだとあらためて思う。

（一九九八年十二月一日）

夢の中から

身内の者が大手術をするやら、頭にうち上がって入院せねばならぬ災難に遭うやらして、このところ心の凪ぐ日がない。

そのせいかどうか、四、五日前、とても妙な夢を見た。

わたしにとって、夢というものは、とっておきの楽しみで、神さまが用意して下さっている、天然色映像つきの長い長い叙事詩のようなものである。ひょっとすればそこから促されて、ものを書いているのかもしれない。

夢の見はじめはたぶん胎児期に始まっていて、そこできっと、前世の記憶を反芻していたにちがいないと思う。というのも、生まれて間もないみどり児を見ていると、わが子もそうであったが、抱いて囲ってそれは大切にして、あくびをする顔をうち眺めていると、じつにさまざまな百面相をしてみせる。

なかでもこたえるのは、世間の風など塵ほども当てていないのに、何ともいえぬ悲愁感をまだ整わぬ面貌にあらわして、身震いしながら泣く姿である。おろおろとなってあやしたり抱いたりしてもダメである。一緒になって泣くよりほかない、と母親になりたての頃、思っていたものだった。よっぽど、前世で辛いことがあったのか。それともこの先親を離れて一人立ちする時が来るはずだが、孤立無援の境涯になることを予感して、小さい躰に早くも人生の寂しさが取りついているのかと考えこまずにはいられなかった。

それだから、睡ったまんまで微笑んで見せたりすると、何を夢見て笑まうのかと驚喜したものである。

ところで四、五日前の妙な夢というのは、現代に蘇った悪霊が、水の精に化けて街の角といわず通りといわず、不意に出現して、片っぱしから、人の足許を狙っては渦巻き状になり、からめ取ってゆく景色であった。

水俣の百間港あたりとおぼしき街の角で、クリーニング屋さんが洗濯物を自転車に積んで歩いているところを、アパートの階段の下にひそんでいた見えない悪霊が、いきなり襲いかかった。

自転車は倒れ、まだ洗わない洗濯物は路面に散乱し、水の精をよそおった悪霊は激流のように自分を噴射して、人間だけをじつに巧妙に、瞬時に自分の渦の中に呑みこんだ。わたしはある予感をもって来たるべき事態を阻止しようと思っているのだが、無念なことにその魔力にかなわない。

次がやられると思う。

「逃げろおっ、隠れろおっ」

とわたしは叫ぶ。その前に、

「空襲警報！」と言ってしまって、これではいかんと訂正しようとするが、言葉が見つからない。

こういう場合の、こちら側の共通用語がまだ確立していないのである。悪霊の、思いがけない姿での出現を、誰もまだ気づかない。たちまちのうちに、男、女、合わせて二十人ばかりが、霧の渦のような、あるいは激流じみた水の噴射に呑みこまれてしまった。

これは予告だ、悪霊の上陸だ。やっぱり思っていた通りにやって来た。しかし海からやって来るとは根源的な問題である。もう逃げおおせない。ともかくしかし、逃げろ隠れろと叫ぶほかはない。

路上に投げ出された大型ゴミの洗濯機の上にいた三毛猫が、さすがに気づいてきっと耳を立て、一気に高く、並木の梢を目指して翔んだ。梢より高く翔んだ。猫たちがこうして三匹は助かった。猫が翔ぶのと一緒に、わたしは「わあーっ」と絶叫する。

しかし、我が方に、白いすさまじい水流を止める手だてのない口惜しさよ。夢の中は大騒動になった。何ともいえぬ絶望感の中で目醒めると、隣の部屋にいた家人が言った。

「何の寝言じゃいろ、大騒動しよったぞ。太か声でおめきよったが」

かくかくしかじか、とわたしは言わなかった。あまりに複雑な内容で、しかも長い寝言は、身近な者たちがへきえきしている。わたしには珍しい悪夢であった。内容を検討し、分析したい。うっかり話すと、向こうの主観と食いちがい、興をそがれそうである。

何年も前に、一緒にホテルに泊まったユダヤ系の日本文化研究者リビア・モネ女史が言った。

「道子サン、昨夜はとても面白かったわ。道子サンたら、長い長い寝言をおっしゃるんですもの。はじめ、話しかけられたかと思ってお返事していたの。そのうち寝言だとわかって、とっても興味ぶかくてね、聞いていたんだけど、心情分析のような哲学のような、控え目なうっぷん晴らしのような、それは面白い内容だったわ。テープにとればよかったけど」

そのテープ、わたしも聞きたいと思ってたずねた。

「長い寝言って、何分くらい」

「そうね、二十分、ひょっとすればもっと長いかもしれない」

これには自分ながらびっくりした。

今もつくづく考える。ひょっとすれば、夢の中にいる時間の方が長くて、現世に出てくる時の方が短いのではあるまいか。そう考えると、あらゆる疑問が解けてくる。

「道子さんな、世間のことに暗か」

そう評したのは、水俣病患者の、杉本栄子さんである。言われてみると、じつにぴったりで、よくぞ言い当てられたという気がする。いまだに世間さまとうまが合わず、合わせようと思ってものをいうと、奇人、変人扱いされることが度々ある。

年の若い姪たちは、「だいぶ、ほかの人たちと違うばい」と評して、ころころ笑う。わが道を往くからよと言い聞かせてみるけれど、少々バツの悪いことを最近もしでかした。

ここの仕事場から水俣へ帰るのに、何を考えていたのか、片っ方の靴は黒、もう一方の靴は茶色のを、熊本駅から履いて帰ったのである。ずっとそれに気がつかず、朝になって、家人が、

「靴の、茶と黒の、片っ方ずつあるが、どういうわけ?」

と聞く。

はてなと思ってのぞいてみると、なるほど二様の靴が仲良く並んでいる。履いていて何の違和感もなかったのは、色は違っても同じメーカーのペタンコ靴であったからであろう。相

手はボケたかと一瞬思ったらしいが、なに、足元に目がゆかなかったからにすぎない。それに夜だったし、目といえば、左の方は見えないのだし。

いくら何でも昼なら気づいていたろうに、気がつかないのだから平気であった。片っぽずつの靴が一緒に歩いていた間、わたしは、醒めている間の夢に、深入りしていた気がする。それがどういう世界であったのか、思い出そうとするが定かには思い出せない。

たしかその時は、水俣百間港埋立地に、患者さんたちが彫り上げたお地蔵さまをどう置くか、その動きを注目している支持者たちにどう伝えるか、具体的な通信物を出そうという集まりをしたのだった。頭はそのことでいっぱいであった。

「チッソにも、行政の人たちにも患者に反感を持っている市民にも、反感で返せば、もうきつうして。何さま人を恨めば恨むほど、きつうしてなあ、ああ許そうと思うたら、ちったあ、気の休まるごつなった」

この頃、そう洩らす人たちが出て来て、その言葉の深い意味・重い意味にとらわれていた。

友人に靴の一件を打ちあけたところ彼女大いに笑って言った。

「なあ、新しかファッションち思えばよかですよ」

（一九九九年二月一日）

緋桃の枝

夕方、『蛍の光』が流れると動物園は閉じられる。子供連れの客が駐車場から居なくなる頃を見はからって家を出る。

墓地の下の湧水池は動物園の暗渠にくぐり入って、先の方では江津湖という湖に出る。この湧水は神水《くわみず》という名を貰っている程に美しいが、朝早くここを通ると薬効を信じる人たちがポリ容器を持って汲みに来ている。

そこはちょっとした下り坂で、ここまで来ると動物園を囲む界域である。公園風に作った小川あり、四阿《あずまや》あり、芝生道ありで、このところ足腰に支障を来しているわたしとしてはまあまあ、転ぶ心配の少ない散歩道といえるだろうか。

四、五日前のこと、ここら辺りに来かかったところで椿事に逢った。蛍の光が終ってまもなく、わたしは湧水池から、園の暗渠近くに生えはじめたクレソンの群落を眺めていた。

春だ春だ。クレソンの川高菜が生えて来たから春が来たのだ、この次来る時は籠を持って、摘んで帰ろう。そう思い、いそいそ散歩の足どりになって踏み出そうとした時、近くの金網の茂みで、思わず腰が浮いてしまうほどな異様な鳥の悲鳴を聞いたのだった。しかし何の鳥だかわからない。

ここの仕事場にこもりはじめて以来、四年を過ぎたが、なるべく仕事以外は人にも逢わぬようにして、いくつかの作品をしあげた。とはいうものの歩きたい。人に逢わぬ道をと探すうち定まったコースが出来た。動物園の閉園後、あるいは住宅地の食事時など、わたしとしては誰にも気づかれない道を見つけ出したつもりだが、動物園の中には一度だけ入ったきりである。それというのも一匹のオランウータンの眸に見つめられて、世界の罪を全部引き受けねばならぬほどな暗い気にさせられたからだった。あの時の眸を思う度、すみませんすみませんと折れかがまって地の中にめりこみそうな気分になるもので、その後中には入らず外をぐるぐる廻るだけだが、見えない鳥が悲鳴を上げた瞬間、わたしはあのオランウータンが長い片手をゆっくり差し上げたような気配を感じたのだった。

鳥の第一声を合図に、大小の動物たちがけたたましく鳴きはじめた。蒸気機関車のような肺活量をもっているあの河馬も、しゅうっ、ふおっふおうという声がただごとではない。どんな異変が起きたのか、なぜ鳥が一番最初に気付いて飛び上がったのか。

今にサイレンが鳴るかと思いかけたが、住宅地とかなり接近している動物園でサイレンが鳴ったら住民たちが要らざるパニックにおちいるだろう。わたしは釘付けになり次には走り出そうとし、一番弱い金網のところから、ラクダが、シマウマが飛び出して来はせぬかと注視した。何事が起きているかまったくわからないままに考えた。

園の向う側は湖に面している。このところ急に春めいて来て釣りをする子供たちが来ていたりするけれども、鳥が悲鳴をあげた前日には、珍しく強い風が湖に吹いていた。水面は牙を立てて波立ち、岸辺を噛んでいた。

波のない日には遠くの山々をうつし出して鏡のような湖面にもなるのだが、ひょっとしてあの強い波にゆすり出されて、かねては陸の上にあまり出て来ない大山椒魚か、それともまだ誰も姿を見たことのない湖の主たちが、ひょいと、あのオランウータンの檻の中へ、取り入れ口をくぐって、あらわれたのではないか。

一匹や二匹ではあるまい。でないと、鳥たちだけでなく、大小さまざまの動物たちが、ひどくものに愕いたごとくに悲鳴を上げるはずはない。今まで度々、園のぐるりを歩き、鳥や象や猿たちの声をよく聞いた。けれども、ふいに何かに脅かされたような、おびえたような声で動物たちが鳴くのを聞いたのははじめてだった。

職員たちはまだ園内にいるはずだった。サイレンでなくてよい。今に緊急事態を知らせる人の声が聞こえてもよいのではないか。いつ駆け出してもよいような、中の様子を知りたいようなどっちつかずの腰つきでわたしは立っていた。丈高い園内の森の梢も心なしかいつもよりざわざわ搖れているように見える。声はしばらくやまなかった。

立ち止まったままわたしは考えていた。いつもの、あくびをしているような河馬の声や、沈む夕陽を恋うているライオンの声とはちがう。それぞれが集団脱走直前であるかのような、しかしある一ヶ所をみんなで蹴破って出るのではなく、四方八方へてんでんばらばらに走り出しそうなパニック状態が想像された。

しかし間もなく、そのてんでんばらばらの騒ぎは、風船の空気が一つずつ脱けてゆくようにしぼんで、走り出す前の肺活量いっぱいの、しゅっぽしゅっぱの河馬の息も一日中、人に見られたあとの疲れを残した長い長い欠伸に変り、むにゃむにゃになってしまった。

わたしもせっかくの緊張がゆるんで、何だか詐欺にでもかかったような心持ちになった。小椎の森の梢を見上げると、さっきよりは静まって見える。

わたしの歩いている道から人工の小川をはさんで動物園の金網までは二十メートルくらい、住宅地までほぼ十五メートルくらいだろうか。最初金網から歩いてくるのはオランウータンか豹の類いかと思っていた。まさかワニではあるまい。何であるにしても、彼らが空腹でありませんようにと願ったのが恥ずかしい。

最近出来たばかりの人工の小川をちらと見た。夏は涸れていたのに春先めいた水が流れ出し、その岸辺に川高菜と母がよんでいたクレソンの、可愛いい群落が出来つつある。あと小半月もすればこのクレソン、川幅の三分一くらいには成長するかもしれない。そうなったら摘みに来ようと思うのが散歩の楽しみでもある。

とっさにわたしは、ワニが出て来たら、まずこの小川を発見して、遊んでいてほしいと思ったのである。川幅、一メートル半はなかろう。水深二十センチくらいでは、ワニは欲求不満になるだろう。

目の先の、形ばかりに建てられた公園用四阿に若いカップルが、いかにもだらんとした格好で、人目もはばからず寄っかかり合っている。だらんとしてはいても体脂肪は新鮮に匂っているにちがいない。

横っ飛びに逃げこめそうな住宅を目で探した。動物園を意識して建てたらしく、どの家も土台をコンクリートで高く築き、すがりついて一と息で飛び上がれそうな家は少ない。

カレーの匂いや、煮魚の匂いが漂よって、どの家も夕飼の団欒がはじまろうとしている。幻想の緊急事態は去り、園内の叫び声はすっかりおとなしくなって、小さな鳥たちの身づくろい時の囁きに変わった。何ともやわらかい夕べの靄があたりにきざしはじめているのであった。

いったいあれは何の騒ぎだったのだろうか、狐につままれたような気持ちでわたしは歩きはじめた。

一犬虚に吠え、万犬実を伝うという比喩がある。何のこともないのに一匹の犬が吠え、あっちでもこっちでも一せいに反応して吠えたてるものだから、何事かが進行中だと思ってしまう。それではなかったのかしら。動物園全体が声の震動で、ふくらんだりしぼんだりしていたような騒動だったのだから。

あらためて見廻すと水辺の楊柳はうっすらと、緑を刷きつけた糸を無数に垂らし、民家の塀から、あざやかな緋桃の花がひらきはじめた枝を張っていた。

(一九九九年四月一日)

梅雨

締め切っていた仕事場の戸を開けると、テレビが不快指数八十パーセントと言っている。油汗に似たのを拭きながら、部屋の中に吊るしていた洗濯物を抱えてうろうろする。外に出したものか、そのままにしておいたものか。

四日前、水俣の家に帰る頃からじとじと降りはじめ、熊本に来てみたら地面が乾上っていたので運転手さんに尋ねた。

「今日はこちらは晴れましたんですか」

「いんえ、今朝は瀧のごつ降ったですよ。ゴミも木の葉も洗い流してしもうて、さっぱりなりましたなあ。そしておたくは、どこからおいでましたかなし」

運転手さんは話し相手が見つかったとばかりに、先日東北のどこかの企業の専務さんが乗って、駅を出るか出ないかの間に、

「なして熊本は、街路樹をぼすぼす切るのかねえ。街並みの樹ば盆栽に仕立てる方針ですかね。外国の都市は、亭々とそびえ立つ樹々が町並みに風格を与えとる。住民はそれを誇りにして、町作りをしてますよ。折角熊本城があるのに街に趣がない」

と怒っていたそうだ。いわれて見直すと、折角大樹になりかけたところで枝も梢も「ぼすとこりん」に伐られている。よそから来たお客さまに恥ずかしいが、と振り向きながらこの人は言った。二ヶ所ばかり、欅が街路をトンネルにするまで育った所があって、街の人たちがせっせと掃除をして夏はじつに涼しい。熊本工業高校のそばですと運転手さんは言った。

そこだけではなく、秋になれば藤崎宮から先のあたりに珍しい紅葉が見られるのだそうだ。どうも楓の種類と思いますが、と運転手さんはハンドルから片手を放して指を広げて見せた。

「楓の葉っぱは小さいですけど、このくらいの葉っぱの、楓に似とる形のが秋には紫色になってですね、赤やら黄色やらの紅葉にまざって目のさめるごつあります。あそこならば東北のお客さんばお連れしてよかったですけどなあ。熊本市だか県だか、見識の足らんち、腹立てとらしたです。わしゃ、自分がおごられよるごたる気のしましたよ」

運転手さんはそう言って首をすくめた。紫の、楓の形に似た木の葉とは何だろう。秋になったらご案内しますと言って名刺をくれた。

畳に青黴が生えているような気がして掃除にかかる。水俣の庭には家人がどこからか貰って来た鹿の子草や合歓木の鉢がまだ花をつけていた。あっちこっちから山野草を頂いて、雑草園のごとくになっているが、きちんとした庭園になどなしえようもない庭だから、かえって心が和む。

仏壇にあげた山帽子の白い花は、わが家にはじめて来た花だけれど、ミズキの種類だと、持って来られた陶芸家がおっしゃった。

まとめて眺めると、野性の気品のようなのが漂ってたいそう好ましい。白磁の湯呑と急須にそえた山の花である。薩摩も北限の大口市に窯をひらいておられる由で、これまでそういう人がおられると知らなかった。薩摩という国は昔から、他国にない人材や産物をいろいろたくわえている気がしていたけれども、まだまだ何を秘しているかわからない。

などと思いながらこちらの仏壇に、一輪だけ咲いた紫陽花を切ってあげる。亡き母は死ぬ前、留守がちのわたしのことを心配して、家人に言ったそうだ。

「道子が戻って来たら、わたしば探すじゃろうけん、ちゃんとわたしの居所ば教えて下はりな」

死んでゆく母に、娘はいくつぐらいに思われていたのだろうか。六十に近くなっていたにしても、五つ六つ、あるいは二つ三つの頃の後追いして泣く子が、母の中に居たのであろう。

そのことを想って、仕事場にも小さな仏壇をしつらえ、和紙に手書きして位牌をこしらえた。折りたたみ式に作ったのでノートにはさめる。仕事場を離れる時はどこへでも連れてゆけるのである。

一字も読めはしなかったが娘のやっていることを理解し喜び、水俣の患者さんたちが家に見えることをとくに喜んで、もてなしの食べごしらえをやってくれたが、ある夜更け、台所の裏口で洗い物をしていた母が、仁王立ちになって大声でこう言ったことがある。

「たいがいにせんね、もう夜のあけるが」

いつにない剣幕におどろいて、しまった、母はもう歳で、働かせすぎたのだと気づいた。その夜は患者さん達の集まりではなく遠方からの支援の人たちをもてなしていたのである。わたしは言った。

「あらら、はいはい。くたびれたなあ、後はわたしがする。早う休んで」

するとと母は再び痛切な声でわたしを叱った。

「わたしじゃなか。あんたの躰が無しになるが。自分のことはうちわすれて、もう」

各地から来た支援者たちは会議を終え、酒になっていた。その客たちに聞こえはしなかったかと気にしながら、かつて見たことのない、悲しみに満ちたようなその声に胸打たれて、わたしは急いで母を庇の接した母屋に連れてゆき、言われた通り、お碗類のとり片付けにかかった。

客たちが患者さんの場合は、そんなことは言わず、溜息をついたり肯いたり、そっと名前を聞いたりするのだった。たぶん集りの趣旨を聞き洩らしたと思うのだろうか、「何の寄り合いじゃったかねえ」と遠慮がちに聞き直した。たぶん娘のすることを、黙って引き受けていたのかもしれない。家の受難を小さい時分から引き受けて育った人間だったので、娘の立場を後ろから支えるのは当り前だったのだろう。

「自分の躰は無しにして!」

と言った声音には、哀願するような響きもあった。人さまに御無礼なことやトゲのあることを言ったことのない人間が、お客に聞こえもしかねない語調でそう言い放ったのは、後にもさきにもその時かぎりだった。

「折角産んで育てたのに、お前はお前ひとりではなく、わたしの娘だよ!」

と言いたかったのだろう。夜明けまで書いたり調べたりするのを覗きに来て吐息をつき、こうも言ったことがある。

「加勢できんちゅうが悲しさよ。親は、どこどこまでも学校にやるつもりじゃったとに、行かずに馬鹿じゃった。かわりに、書いてやれたとに」

つくづく思う。字を教えて、かわりに書いてもらえばよかった。どんな傑作が出来ただろうか。天性うららかで、逆境にたえるのに剛き心ではなく、沖や風々、今日も白帆のゆくわいな、というような眸つきをして、逆巻く運命をかわしかわし来たような、上代的牧歌の気分を持っていた。

この人たちが生まれながらの詩人であったように、母にももの静かな憂いぶかい詩的気分が濃厚にあった。

紫陽花を切ってしまったのでここの仕事場には今花はない。どくだみの花を玄関用に切ろうかと考えたが、「あーあ、道子のしそうなこつ。はいはい、どくだみでも嬉しゅうないことはなかよ」と母がいうにちがいない。南天の葉っぱと、名前を知らない矢車草に似た赤い野草を見つけて花を替えた。何しろ花屋さんは遠いし、うしみつ刻だし懐中電燈を灯して草ぼうぼうの小さな庭から探して来たのである。

幸い沈香があった。母恋しさがつのるとよく香を焚く。

この前水俣に帰ったのは、『本願の会』というのをはじめられた患者さん方が、わが家に集まられるので、仕事を中断して帰ったのである。受難を生きたしるしにお地蔵さまを彫ったりする会だが、非常に深味のある話になる。東京でこの会を助けて下さっている若林一美さんが大口市で講演をなさるついでに、水俣に寄りたいとお申し出があり、患者さんたちはいそいそとして集まられた。

杉本雄、栄子夫妻が見えられてまず仏壇に向かい、さながら生ける人にものいうが如くに、声をかけて下さる。

「ばあちゃん、こんにちは。来らせてもらいましたばい今日も」

生存中からのおつきあいである。

（一九九九年七月一日）

境川

いつも不思議におもうことがある。薩摩と水俣、厳密には肥後というべきだろうが、水俣から薩摩入りするには、しるしばかりの短い橋を渡る。するとたしかに薩摩に入ったという気になるから妙である。よそから見えるお客様に、

「薩摩が近いという話ですが」

といわれると案内し、この橋を渡って、ちょっとばかり米ノ津へ入って引き返す。少しくどいくらいに指さして、

「もうすぐです、目の前です、よそ見してたら見落とします」

と言い続けないと、ほんとうにあっという間もなく通りすぎてしまうのだから、ちゃんと納得してもらえたか心配で、車を降りて、下の流れ川を渡ってもらう事もある。水の少ない時期は、徒足渡り出来るが、境橋下はちょろちょろした流れで三メートルあるなしである。

この「神ノ川」を目で見てたしかめてもらいたいと、わたしが一方的に思っているのは、小学校下学年の頃、弟がよく持ちこんで来た忍者ものの講談本や『南国太平記』などを読んだきれぎれの記憶からくる。薩摩というところにはあちこちに仕かけがしてあって、この国を知らぬ者がうっかりはいりこむと、鋸を二つ組み合わせたような物で足を挟まれるか、ギロチンのような仕かけで首を落されるのではないかと思っていた。

その薩摩への入り口にじかに接するわが水俣、と思うだけでぞくぞくし、大人になったら地図を片手に国境をぐるぐるまわって、薩摩なるところをうかがい見たい、と幼な心に思っていたのである。

はじめて国境の神ノ川まで遠足に行った時は、じつに拍子抜けしたというか、まやかしにかかったというか、いや、だまされまいぞというような気分であった。

かの高山彦九郎もこの小川を見た時、名にし負う肥薩境とはこんなものかと油断したにちがいない。

揚子江や黄河なら誰しも渡河を諦めるだろうが、この細流を結界とした人は、小さきがゆえに呪禁をこめて神ノ川と名づけたのでもあろうか。ここのほとりに佇つと、いつも不思議な昂奮をおぼえる。

この結界は長い間ある程度の効力を持っていたかに思われるけれども、近年になって川の最下流付近では、流れをはさんで熊本・鹿児島県両県の民家が散在し、同じ水で米を磨いたり漬物を洗ったりする姿が見られた。至近距離だから朝晩の挨拶も交されたにちがいないが、これが見事にアクセントのちがう肥後弁と薩摩弁である。

神ノ川付近はそういう意味では、いにしえからの呪禁の名残りが難解度の高い言葉となってこの地域に生きているのであろう。

そういう神聖なる河口を突っ切って、チッソの水銀が鹿児島県側にも広がり、少なからぬ患者がでていることを考えれば、存在への畏怖ということを知らぬ時になったものだと、とたんに気が重くなるが、気をとり直して、薩摩弁を親しく憶う理由を考えてみると、この川のすぐ向う側の集落や、その先の米ノ津から、わたしの通った実務学校へ汽車通学してくる同級生たちがいたからである。

この学校は、当時中学にゆけない農家の息子たちや女学校にゆけない貧家の娘たちのゆく学校であった。今に忘れないけれども、校長先生が北海道の農学校を出た方で、「少年よ大志を抱け」というあの有名な言葉を校是にかかげた理想主義者で、あとにも先にもあんな気品と迫力のほとばしるような先生は見たことがない。

戦時中ではあったし、農作業や森林の開墾や代用食の作り方を覚えたが、今でも役に立っている。

農業部、工業部、商業部、家政部があり、これは女子部で、裁縫、料理、活け花、作法などを習っていた。すぐに嫁にゆけるようにという方針じゃろうと、村の人々は言っていた。同級生たちの米ノ津弁は、物珍しくて愛嬌があった。

水俣弁は荒っぽくて、まるで喧嘩をしているようで、とくに男の人が、ちょっと気に入らない相手に、

「汝《わあ》が何ばいうか、うち殺すぞ」

などというと関西方面の人たちは、うち殺すのところを文字どおりに受け取って恐怖を覚えるのだという。この馬鹿たれが、というくらいのことを、子供たちまで、好んで使うのだから、こけ威しもいいところである。この表現を米ノ津方面では、

「すったくっど、わや」というそうだ。大そうやわらかい。

わたしは米ノ津、切通《きずし》組と気が合って仲が好かった。というより、お世話をかけた、というべきかもしれない。

後ろの席に池田さんという眉の濃い、睫毛も濃い子がいたが、思えばこの人にわたしは大へん迷惑をかけた。というのもわたしは、帳面も鉛筆もうち忘れて学校にゆく日が多かった。水俣川の土手が通学路だったけれども、一体何を考えていたのだか、いざ授業が始まってみると、ノートも鉛筆もない。

授業は聞いていることもあるが、たいがい上の空で、そのうち先生の似顔絵を描きたくなる。隙をうかがって後ろの池田さんに、

「帳面の紙ば、一枚くれん？」

というのである。よっぽど気のいい子だったのだろう、池田さんはまだ字の書いてないところを机の下の、膝の上において、先生に見つからぬよう、さりさり、さりさり、と破いて隙を見てさっと渡してくれるのであった。後ろの列では二人のやりとりは見えているのだから、はらはら、というより授業不参加に組みしているような気分になっている。

渡された紙にはさっそく、眼鏡の縁の上から生徒たちを見る数学の先生の似顔を大きく描いて、後ろにまわす。

分数など、皆の苦手の時間だから、絵を見て声のないさざめきが起き、一見授業は生き生き見えていたかもしれない。たいそうおっとりとした、こだわりのない先生であった。成績は一応及第点を取っていたが、級長のくせにそんな悪さをつねに企むので、試験前にはせっせと、カンニングペーパーも作らされるのであったが、その鉛筆も、米ノ津組から借りていたようである。

三年前、このグループの一人が訪ねて来て、いちばん迷惑をかけた池田さんや、美人だったもひとりも死んでしまったと教えてくれた。生きているうちに逢って、帳面と鉛筆のお礼

を言っておけばよかったと、悲しみがこみあげた。

無垢としか言いようのないあの愛らしかった子にとって、わたしという子は、何か途方もない悪童だったのではないか。意識しない、覚えていない数々を、他にもさまざまやらかしていたのではないかと、今更のように思いめぐらすことである。

この学校は長くは続かず、水俣高校と名前を変えて、水俣駅を出て熊本へゆく列車が三分ばかりゆくと、最初の右手の丘のかげに建っている。土手には立派に育った松が立っているけれども、私たちが一年生の時、小さな苗を植えさせられたものである。上りの列車の乗るたび、見ないではいられない。

つくづく思うのが、今の学校教育の空しさである。戦時中で食糧難の時代であったとはいえ、思春期の子らが土を耕し、種を蒔き、育て、刈り取りをし、稔りというものを知り、これを惜しんで口と心を養うことを知る。家政部では女の子の能力に応じて手づくりの暮らしの基本を体で覚えた。

工業部の教室の横を通ると、男の子たちは木工やら工作機械に一心に取り組んでいたが、校長先生が校長先生だから、校風の基本には農があったように思う。自活や自立の基本は幼児の頃から、思春期までに身につけた方が子供の為になるのではないか。

共通一次だの入試だの、他の子を蹴落すばかりで、何の為にもなるまいとわたしは思っている。

（一九九九年十月一日）

風の神さま

十八号台風の時、山の唸る声を久しぶりに聴いた。

夜半から、この世の表皮をひきはがすほどな吹き方で恐怖をおぼえたけれども、遠くの方から押し寄せて来る風の音を、全身耳にして聴いていると、太古の原体験を思い出すような気分でもあった。

台風が去って三日目には、仕事場入りをしなければならなかったのだが、電気も止まっているし、汽車も止まっているという。念のため水俣駅に電話をかけてみると、駅員さんが言う。

「鹿児島を出るには出たんですが、途中で止まって動きがとれんとです。土砂崩れじゃなか、線路の上に木ぃの飛びこんで来てですね、動かされんそうです」

「木ぃですか」

「はい、木ぃの飛んで来とるそうで」

「まあ！　たくさんでしょうか、鋸で切るわけにはゆかんとでしょうか」

幼稚な、いらぬ質問しよる、とわたしは思った。向こうは忙しいだろうに。しかしそれはすこぶる珍らしいことのようである。駅員さんは元気づいた、親しみぶかい声になった。

「いんやぁああた、鋸のなんの。役にゃあたたんようですよ」

「あの、電気鋸もですか」

「電気鋸、はあ、ダメち思いますよ、場所がですねえ。列車はひっくり返っちゃおらんとです」

「よっぽどおおごとになっとるとでしょうか」

「おおごとです。後の列車はいつ出るかわかりまっせん。くわしゅうは摑めておりませんが」

駅員さんは、あっ、忙しいのだ、と思いついたようだった。わたしはとっさにいろいろな情景を思いうかべた。一体どこ駅のあたりか尋ねてみたかったが、もちろんやめた。乗客達の電話が殺到しているかもしれない。

木が飛んでくる線路なら、山裾にそっているところなのか。水俣から鹿児島県に入るあたりに、そういう箇所がほんの僅かだけ、ある。まさかしかし、あんな小さな箇所のどこかのせいで、鹿児島本線全線が不通になったとは思えない。

するど、どこかの線路の脇にとてつもない巨木があって、それがあの風でひき倒され、線路をふさぎ、そこへ行くには土手のごく細い道を登らねばならず、人の力では、電気鋸を担ぎあげられないのかもしれない。

顔も知らぬ駅員さんの口ぶりでは、線路の上の障碍木は一本の巨木だけではなさそうだった。いろいろに思いをめぐらしても想像もつかず、今さらながらあの台風がただごとではなかったと思ったことである。

四日たっても電気釜が使えないのにがっかりして、ガスに厚鍋をかけ、ごはんを炊いた。水加減も火加減も勘が狂ってしまい、うまく炊けない。あらためて土のカマドの火加減と、鉄の羽釜の底の厚さが、米をふっくら粒立ちさせて、もちもちと炊き上がり、おこげのぐあいもこんがりと出来上るように工夫されていたのを懐かしんだことである。しかしあの、毎日々々、釜の底の煤を落とす作業が女たちにとっていかに、親の仇よりも憎たらしかったことか。

四十年近く前だったろうか。水俣の隣の鹿児島県大口郷で、百歳を越えたお婆さんに逢った時、天草から土にほれて渡って来たという苦労話のあとに彼女はこう言った。

「孫がいうには、婆さあ長生きしやんせ。今から先の世の中は楽も楽よ。寝ておって、枕元でママの炊ける時代が来るちゅうたがよ。夢の中のような話じゃあよなぁ」

稲を植える深田んぼに、生ま肥《ごえ》を乗せた田舟を曳いて、「ぎったぎったと生ま肥をば握って、泥の穴に埋けてまた泥をばかぶせ、その上に苗を植えたものであい申したど。手も足も、指の間は、穴股ぐされなんど、ふつうのことであい申した」

その穴股ぐされの手でまっくろな鍋釜の煤を女たちは磨かねばならなかった。今の文明生活を疑問に思うと同時に、わたしはあのお婆さんの「夢の中のような」表情と声音を思い出し、電気釜の発明だけはほんとうに拝みたいくらいに有難い。

ところで水俣、芦北郡一帯、天草方面のどこまでだったか、広い地帯が停電してなかなか復旧しなかった。やはり水俣と大口あたりの県境近くの山中に建てられた巨大な送電塔がぶっ倒れたからだ、という話が伝わって来た。九州電力はじまって以来のことで、土台から建て替えねばならないが、今の技術者にはやり方がわからないのだそうである。やめさせた古い職員を呼び出しているという話もあった。あんまり文明なれしたものでやっぱり罰が当った、とわたしは考えた。瓦の無事な家はほとんどなくて、ショックのあまりしんみりとしている市民たちの上空をヘリコプターが飛んでまわった。若い女性の声が空から高く低く降ってくる。

「市民のみなさん、九州電力からお詫びのご挨拶に伺っています。台風で送電線の鉄塔が倒れて、大へんご迷惑をかけております。只今昼夜兼行で全力をあげ、復旧作業にとり組んでおりますので、しばらくお待ち下さいませ」

「しばらく待てちよ。それより落ちるなよ、空から」

近所の人たちが空を見上げながらそう言った。じっさいわたしも災難続きだからヘリコプターが落ちやしないかと心配したのである。送電線のことによっぽど気を兼ねているのか、ヘリコプターは山々の間を低く低く降りて来ては、ブルルンというような間のぬけた音をたて、女性の声が聞きとりにくかった。

「わかったわかった、早よ行け」

人々は手を振ってそう言った。九電には催促の電話が殺到していて、そちらの方もパンクしているとの話であった。わたしはあらためて阪神大震災のことを想い、文明というものが進むほどに、いざという時には破滅的な惨害が起きることを告知された気分になった。何しろ鹿児島県川内市には、九電の原発があるのである。いざという時は、送電線どころの騒ぎではなかろう。

線路の上に点々と乗っかっていたらしい障碍物の有様は、復旧した列車に乗って熊本入りする沿線ぞいに、驚くべき情景となって展開していた。目のとどく先々に、なるほど樹木の大半が、巨木といわず、細い木といわず、根元から引っこ抜け、あるいは、根の先をわずかに地中につけて浮き上がり、倒れこんでいる。屋根の落ちた家、穴のほげている家、海岸の温泉の看板が、町の屋根に飛んで来てひっかかっている。

あれほどの風であったから、瓦の落ちるのも仕方ないという気持だったけれども、何百年物のような巨きな樹が根元から土を持ち上げ、引っこ抜かれているのには度肝をぬかれた。一本や二本ではなく、県内全体、山をも含めたら万を越えるのではないだろうか。あのような樹を、電気鋸で曳き切るのは、できないでもなかろうけれども、地中から丸ごと引っこ抜くとは、古代的な呪力を持つ風の神さまの力にちがいない。今の機械力で、巨樹をそのまま引っこ抜くなど、そんなとてつもない道具がつくれるだろうか。

熊本の仕事場に早く戻ったのは、知りあいの寺から連絡があったからである。

「お宅の塀が全部倒れて道をふさいでいて、人も車も通れない。若者たちを走らせて一応片づけさせたが、お家の中はどうなっているかわかりませんよ」

電話の向こうで坊守さんが溜息をつかれた。資料や書きかけの原稿は用心のため、一部堀りゴタツの中に入れていて無事であった。玄関はさんざん雨洩りして、今もカビがふいている。水俣へ帰る直前、テレビの予報でおどかされていたが、今度は当りすぎた。

（二〇〇〇年一月一日）

蛙と蟻と

空の色が水を張った大小の田んぼに映え、まるみをおびた畦が遠くまでつながっていた。海風のくる松の林までゆくと塩浜の権現さまがあり、物乞いする一家が社の背後で、石のかまどをつくって、黒い鍋でご飯を炊いていることがあった。

蓮華の時期も終わり、菜種の刈り入れがすむ。すると啼き声をのばしながら、あちこちの田に牛が連れられてくる。男たちは牛を田んぼに入れて犁き返しを始める。草で覆われていた田はみるみる犁き起され、牛が回ってしまうと、田は全部土の色に変って、見渡すかぎり水が張られてゆく。田植えの近いのが子供心にもわかった。

そんな田園のまん中を貫いて、一本筋の町が出来ていた。道は港の方から始まって、旧街道に接続し、四つ角をつくって山峡の温泉の方へと続いていた。

夜になると、そんな通りの灯りが田の面に映り、蛙がいっせいに鳴くのだった。

港から四つ角までの道のりの半分くらいのところに、わたしの家はあった。船を回す仕事をして客の多い家だったが、天草からやって来る祖父の姉と妹はことに長い間泊まってゆく。母が大世帯をまかなうにはまだ一人前ではなかったもので、二人は見かじめ役のつもりでいたのかもしれない。

仏さまの鉦《かね》を乗せる紫色の小さな台座をつくって掌に乗せながら、妹の方の婆さまが首をかしげて姉婆さまによく言った。

「なあ姉《あね》さま。水俣のここらの蛙《きゃある》は、鳴きようがちがうなあ」

「どういうぐあいにちがうかえ」

「なりたての、町の蛙の声じゃ」

「して、戸の崎の蛙は、どう鳴くとかえ」

戸の崎というのは二人の里である。

「戸の崎の蛙はなあ。提灯ともしてゆくよに、ぽっつりぽっつり鳴くわいな」

「そういえば、町は電気の灯るけんのう」

幼かったわたしは、まだ見たことのない戸の崎というところの蛙に、あるイメージを持った。暗がりの畦道で、一匹ずつ提灯をともし、ふっくふっくと頬っぺたをふくらまして鳴く蛙。提灯といえば、近所の妓楼の誰よりもよかおなごといわれた叔母が嫁入りしたとき、男衆が羽織袴で定紋入りをかかげ、みんなの白足袋の足許を浮きたたせて歩いたのが印象に残っていた。戸の崎というところの蛙は、どういうわけで提灯をかかげて啼くのだろうか。

昼間の通りは、いつも賑わっていた。港へ続く道だったので、この姉妹は客馬車に乗って家の前でおろしてもらうのである。大きな長い杉の木の、梢にはまだ生葉をつけたのを五、六本束ねて荷馬車が通るときは、通り中に杉の葉が匂った。

客馬車が止まると、後ろにいる荷馬車も止まって待っている。客馬車の馭者《ぎょしゃ》さんは鳥打帽をかぶっていなせに見えたが、山峡の温泉村の出で、山の訛で挨拶をする。

「んなら、お戻りにゃまた、迎えに参《さん》じます」

乗り合わせた客たちとの挨拶が長びいたりすると、脇の方から医者を乗せた人力車が来て通りぬけた。

「ごめんなはりまっせ。急いどりますもんで」

言われて双方から手を振って馬車が動き出す。「さあもう、大叔母さまたちが来らいました。家の中の埃りが静まるばえ」と笑いながら、女衆たちが馬車からおろされた荷物を運びこんでいる。荷の中に、小さな鍋釜がはいっていないことはない。小さくとも鉄だから重いのである。

「この家では、肉を食うらしいから油断できん。肉の匂いの残っている鍋で、豆腐じゃの、魚じゃのをご馳走しようと思うてもだまされん。四つ足のなんの食うたことのなか家で、松太郎の代になってから肉を食うようになって、祖様《おや》方に申し訳のなか。鍋の匂いも嗅ぎとうなか」

そういうので、姉妹のおかずは別鍋でつくらねばならない。いくらぴかぴか磨き立てても、肉を炊いたかどうかすぐわかる、と婆さま二人はなんだかしおらしい声でいうのであった。

その日は馬車から降りて来たばかりの大叔母たちに、わたしはとっつかまった。最初、妹のおすみ婆さまが見とがめた。

「道子がいつもの顔とちがうばえ。挨拶もせずに」母も、後ろにまわしたわたしの掌にすぐ気がついたようだった。

「前に出してみろな。何かよか物握っとるごたる」

おすみさまはひざまづいてきてそういった。いつも上品なお被布を着て、どこかしら愛らしい婆さまだった。

「出してごらん。何ば握っとるかえ」

「御用」になるとは、ああいう時の気持をいうのかもしれない。前に出したが、なかなか掌があかなかった。飴が溶けてくっついているからである。

大叔母たちを迎えに出て来た母が、自分の指で加勢して指をあけさせた。蟻が二匹、茶色いべとべとの中にへばりついてもがいていた。

わたしは白状した。

「蟻じょのところから、もろうて来た」

多勢でわっしょわっしょと担《かた》げ上げ始めたところをつまみあげて、おっ盗《と》って来たのである。食べるつもりではなかった。なにしろ、とんがった沢山の口でつっつき合ったろうから、食べでもしたら、口中いがいがしそうな気がした。

かがみこんで、地面に落ちている飴玉を観察していたのである。まだ蟻も来ないから食べられるかもしれないと咄嗟に思ったが、いちじくの落果のまわりに集まっていた蟻たちがあっというまに飴玉の方に集まり出した。最初それを発見した一匹が、次に鉢合わせした一匹に頭をつき合わせて何やら合図すると、次の一匹はさらに他の一匹に教えるようだった。その動作のいそいそしていること、素早いことといったらなかった。

そこはいちじくの木の下だった。蟻たちの列は幾筋にもなって、熟れはじめた果実をつけている樹幹に登り下りしていた。その列は地面に降りて来て、上手に開けた穴へと続いていたので、彼らの巣があるのはわかった。そこへ、いちじくの実だの、飴だのを運ぶつもりかもしれなかった。飴玉はしかし、蟻の穴より大きかった。

どうするつもりかとわたしは思った。蟻たちはみるみるふえ、そこらは地面が盛上って、見えるほどになった。みんなで口をつけてかじりついて、小さくしてから穴に運ぶつもりかしら。蟻の、いや飴玉の移動に従って、わたしもじりじりとかがんだままずり寄った。たいへんな蟻の数である。

どういう気持だったのか、ひょいと飴玉を指でつまみあげた。しがみついて来たのを空いた指で撫で落とし、息で吹き落とした。白いエプロンの上にも何匹か落ち、ポケットのあたりをうろうろしている。

飴玉を握りしめたまま、わたしはかけ出した。蟻の大軍が襲ってくる、と思ったのだった。ポケットについている蟻たちが地面に向かって、ここだ、ここだと合図を送っているにちがいない。わたしは走りに走って地面から逃れようとした。飴を捨てればよいものを、それはしないのである。

母を呼びながら家にかけこんだところで、馬車が着いたのだった。

「なにしたち」

今度は姉婆さまがかがんでたずねた。この婆さまはたいそう威厳があった。

「地《じだ》の上から、蟻のたのしみばおっ盗《と》って来ましたち」

母は情けないという顔になった

「はよはよ、戻して来なはる。大騒動じゃが、今頃は」

わたしはあとずさりして首を振った。蟻たちの大軍が今度は私を担いでゆくのではないか。

「おとろしかもん」

いうやいなや泣き出した。掌の皺の中でとろけた飴にまといつかれている蟻たちを見て、母は言った。

「さあ、元のところに戻して来なはる。蟻のおっかさんたちの乳呑み子抱えて、ぷちぷち泣きおらすばい」

乳の足りない母と子には、千歳飴を買って見舞いにゆくとよい。前に来た時ふた婆さまが母にそう語っていたことを思い出し、ひきつけを起こすまでわたしは泣きやまなかった。三つか四つばかりだったろうか。


（二〇〇〇年四月一日）

蕗におもう

北海道は幕別町に住まわれるご夫妻から、ラワン蕗なる長い長い蕗が、どしんとばかりにとどけられた。

長いばっかりではない。仰天して茎の大きさを計ってみたら、根元の方が直径五センチはある。何年か前にも送っていただいて、あんまり珍しいものだから友人にお福分けした。珍しかったおいしかったと話題になった。

この方のご近況を知るために、いま一人、帯広の友人に電話をしてたずねたら、奥さまの方は前々からお目が悪かったのがよくはならず、将来のために鍼灸の勉強をなされているとのことである。目で苦労しているわたしは身につまされた。

「――趣味ではじめたラワン蕗の畑が三年目を迎え、七割方の出来となり、初の収穫をすることが出来た」ので賞味して下さいとある。

帯広の友人の話では前回のは野性の蕗で、遠い遠い野原へ出かけないと採集できず、行方不明になる人も出るほどで、貴重な山菜の由だった。野性のものがなくなって、栽培なさりはじめたそうで、その初物を頂戴するのである。あだやおろそかにはできず、友人たちと話しあって味付けを考えようと思っている。

北海道の冬をわたしは知らないが、ニュース画面で見るあの大雪の下で真冬をすごし、こんなとてつもない蕗になったのか。お目の不自由なお姿で、どんなふうな手入れをし、刈取りをなさったのか、わたしの若年の頃の百姓の真似事とは、ずいぶん異なる作業であろうと、思いめぐらしたことである。

北海道の大きな蕗といえば、わたしには特別な想いがある。それは明治四年に、天草から北海道の浦河あたりに、集団で移り住んだある村の人々の、はじめて食べた大蕗のことである。

まだ蝦夷といわれていた時代で、ご一新の気分は天草にも押し寄せていて、今のままでは一村ながら立ちゆかないが、蝦夷の地へゆかないか、という話がその村に来た。

田んぼも極端に少なく、常食はカライモが主で、ご一新で世の中が変わるといってもどう変わるか見当もつかない。空き腹抱えてこういう島で一生を送るよりも、蝦夷というところへ行って広い土地を耕せば、耕しただけ自分のものになる。行こうという者はいないか、という話を持って来たのは、大村藩出身の北海道開拓使、朝山禄十という青年武士であった。写真をみれば眼元すずしい美男子で、天草小宮地村の山村に庄屋を伴ってあらわれ、たちまち二十一世帯がまとまったそうだから、よっぽど信頼できる魅力に富んだ人物だったにちがいない。

北海道開墾移民事業は政府の方針で、ロシアに対する北辺防備もあったという。

移民を決意した家には、作物がとれるまで十五歳以上一日玄米七合、七歳以上一日五合、七歳以下一日三合、天朝さまから御扶助があり、病気になれば薬代は無料、お菜代として一日一人三銭、酒も支給する。但しこれは入植より三ヶ年であると示された。

この移民政策にはよほどに政府も意を用いたらしく、約束は実行され最初の開拓民が入った杵臼《きねうす》村の二十年後の様子は、これをたどってゆかれた故北野典夫氏の『天草海外発展史』に左のように記されている。

「明治四年、移住戸数人数人口は二十一戸九十三人なりしが、移着後、移民子は死亡せしもの二十余名にして、現今戸数三十五戸、人口二百二十余人の多きに達し、馬を畜《やしな》ひ西洋農具を購ひ、毎戸十町以上の地所を耕して収穫すこぶる多く、生活従って豊かなり」

じつをいうとわたしも北野氏のご業跡を追い、天草の人びとの後を慕う気持ちでこの地をおとずれたことがある。あれは、何年前のことだったか。

明治四年、天草の山村で地図など誰も見たことのない「蝦夷が島」のことがとりどりに噂された。

「蝦夷が島ちゅうは鬼が島ちゅうぞ。七つ首の大蛇《おろち》じゃの、狼じゃの、虎もおるちゅうぞ。天朝さまの使いちゅう、朝山さまちゅう人物がまず怪しか。なまなましたよか男にたぶらかされて往たてみろ。

みんな大蛇に呑みこまれて、骨も残らんごつなるにちがいなか。三年間、めしも菜《しゃあ》も、酒も呑ませて働かせるちゅうが、第一怪しか」

そうじゃそうじゃ、もう魅入られてしもうとる、とおじけづいている人びともいた。

往くか残るか大騒動のうちに家をたたみ、悲しいのか嬉しいのかわからない涙で別れをして、二十一世帯は長崎までそれぞれ船で集結、それから先は、調達してあった加賀藩の猷龍丸に乗って、日本海の荒海を蝦夷が島にむかって北上した。

わたしの体験では日本海はまことに恐ろしい。

佐渡が島まで仕事で往ったことがあるが、海の色をみてすくみ上った。育った海辺の波のおだやかさ、その透明さ。泳いでみれば躰は潮にとけ入るかと思うほどにあやされる。海とはそういうものだと思っていたので、佐渡へ渡る海を見たとたんにぎょっとして、躰も心も自由がきかない。底のしれない、まっくろい口が、音も立てずに開いている、という気がした。

百数十年前。大きな船だったとはいえ、日本海を北上した天草の女子供たちはさぞかし恐ろしかったことだろう。船の上で泣き続けてやまない男の子を、やむなく柱にしばりつけたという話が残っているけれど、親も子も予想できない体験だった。

船に積んで持って行った生活用具がいまも残っていて、浦河の博物館に展示した写真を、北野氏のご著書で見ることができる。長い困難な道中であったろうに、こんなものまで、と目を見はらされる。大きな天草焼の青絵皿や碗、稲や麦こぎ用の千歯、長持、箱膳、刺子のドンザ（つぎはぎした仕事着）、山伐り用の大鋸、ハンズガメなどはよく割れなかったものよと思う。斜面で立って使う唐鍬、などなど、持ってくるのも大変だったろうけれども、考えてみると故郷の暮らしで必要不可欠の物ばかりだったのである。

見もしらぬ土地で、知るべもない暮らしがはじまる。どういう不自由が待っているか、考えに考えて、買わなくともよいように持参したのであろう。使いこんだ用具と無数の木綿糸で綴られたドンザを見て、涙がこぼれた。電燈など思いも及ばぬ時代である。どういう女たちがこれをつぎはぎしたのか。

着いてすぐにはもちろん野菜はなかった。天草の女たちなら、いや男もその土地柄ゆえに山菜にくわしい。アイヌの人たちが幌別川のほとりに集落を構えていて、食べられる種類を教えてくれたそうである。鰯こそふんだんにはとれなかったが、幌別川には鮭が川面の上に背中を接して押しあいへしあいのぼっていたそうだ。夢の中でのような景色ではなかったろうか。

送られて来た蕗をみておもう。傘にしてよいほどな葉っぱがついているというけれど、かの天草移民たちも、当時はあきれるばかりに自生していたこの山菜みて、いかばかり安心したことだろうか。

当時の、おいしい蕗の味付けの例として、北野さんが聞き出していらっしゃる。獲り立ての鮭をさばいて肉を捨て（あぁもったいない！）、味のよい背びれや鼻梁の軟骨、頭などをぐらぐら煮立ててだしをとり、干した蕗を煮たとあった。

わたしの母も天草だったので、ツワブキやワラビのあの細いのを干しておいて、祭りや田植えのご馳走に出すのが好きであった。移民たちが新しい大地の味覚になれつつあったのも今頃からだったろう。

浦河到着は五月中旬であったと云い、かのサラブレッド馬の育成はこの地から始まった。

（二〇〇〇年七月一日）

古屋敷村

もう十五、六年前になるけれども、若い人たちに連れられて、ダムに出来た湖を見に行ったことがある。

そもそもダム湖ではなく、球磨川の源流と、周辺の山村を見るつもりだった。その方面出身の物書きである前山光則さんが、かねがねこんなふうに言っていた。

「源流ちゅうと、ちょちょろ流れとるように、ふつう思うでしょう。それがですね、球磨川はちがうとですよ」

そう言ってこの人はいつも、自分から先にびっくりしたような、おおきな表情になる。

「いきなりですね、どっくどっく氾れだしよっとですよ、たまがるですよ」

ふだんたいへんおおらかな人がいうのだから、どっくどっくと氾れる水の勢いは相当なものだろう。

よくよく聞くとその湧水口までは、車で登れるだけ登って、わたしの足だったら、四、五時間歩いて登らねばならないという。のちにこの人は『球磨川物語』を書いたほどの力量だから、川の話になるとじつに迫真的で、かつ牧歌風に聴かせるのであった。

わたしは球磨川には、小学四年の時、うちにいた職人さんに連れられて、ひと夏、川畔の家に遊びに行って、近所の女の子と泳いだことがある。その時、水俣の海辺で泳ぎなれた躰には、球磨川の水はたいそう重たく、底の方にひきこまれそうな感触を覚えた。冴えない気持ちでいるわたしに年上の女の子は言った。

「球磨川はな、日本一ばい。な、速かろ、太かろ？」

わたしは幼な心にぐっとつまった。なるほど速く底がみえないほどに深くて、怖い。「泳ぎにゆこい」と彼女が誘いにくると、家の人たちや、わたしの「兄ちゃん」こと石切り職人が、必ずその女の子にいうのだった。

「深かところに連れ出しますな。速かところに連れ出しますな。目のとどくところに居れよ、大事な預り子じゃけん」

声に念を入れて送り出してくれたが、川はとうとうとその家のすぐ目の下に広がっていた。水俣の渚辺の、浅い波を浴びるのとはだいぶ趣のちがう真水の中に、おそるおそるはいってゆくと、嬉しさというより、畏怖のような感情におそわれる。

深いところにゆけば、いかにもあの、河童《かわわろ》どんが待っていそうに思えた。

日本一と自慢されて、わたしは即座に、何か水俣の日本一を言いたかったが、思い浮かばない。頭の中を総動員してやっと出て来たのは次の言葉だった。

「あのな、水俣はな、町からもうすぐ、市になるちゅうばい。ここはまだ、市にはならんど?」

なんと中味のない風せんのようなお国自慢を口にしたものだ、というひけ目をわたしは自覚した。球磨川の日本一には中味の迫力がある。小学四年生を畏怖せしめる水量、急流、小魚の数々。誰も見たことのない大鱒、大鰻も、岸辺の大柳の下の湾曲した渕にひそんでいるそうだ。その上、河童たちときたら、水俣川なんかとくらべたら、いや日本のどの川とくらべても、急流に鍛え抜かれて百戦錬磨のつわものぞろい。知略も並の人間よりは格が上で、河童の国じゃあ、天下を取っておる。とはその家の年寄りたちの夜話しであった。

どうお。日本一でしょ、と全身日灼けして、川うそのようになめらかな躰つきをしたその子に言われたのに、水俣は市というものになると言ったものの、はなはだ心もとなかった。

その時われながらおどろいたのは思いがけなくも小さなこころに宿っていた愛郷心であった。以来、日本一でなくともよいが、これぞわが風土と、納得できるものを自分の故郷にたくしているらしいのを、不思議に思う。

さて、前山さんの口調と表情に魅せられてわたしは源流にはゆけずとも、登り口までなりとお願いして、連れていってもらうことにした。

ひなにはまれ、という言葉の見本のような愛らしい奥さんと、その友人でやはり物書く女性という組合せだった。

上流の村へいくのははじめてで、幼い時の記憶もあって、山々が香っていた。秋も中頃で、山に入るにつれて葛の花の盛りであった。

わたしたちはその芳香のせいで、ほとんど酩酊していたと言ってよかった。

秋の七草のほとんどが咲き揃い、全山を統《す》べている色は出揃った薄であった。わたしは思った。古来日本人は秋を好んで数々の名歌をつくった。その情操を育んだのは、このような野山の木々や草であった。

車に乗せてもらっていて気がひけたが、日本の野山がどんどんこわされはじめたのと、日本人の情感が酷薄になっていったのは同時進行だったと思う。わたしたちは捨ててはならないものを捨て、壊してはならないものを壊してしまいつつある。自分の手で、おのが生まれ育った風土を損壊しつくした果てに何がやってくるのか、考えてみたことがあるだろうか。

前山さんが語りかけて来た。

「あのう、人工の湖ばってんですね、ダム湖の、この先にあっとですよ。そしてですね。村の沈んどっとですよ、古屋敷村ちゅうとですけど、桂子たちが、昔、そのあたりに住んどりましたんですよ」

奥さんの桂子さんも控えめに言葉をそろえた。

「沈んでしもうて、上からはよう分からんとですけど、古屋敷村ちゅうとのありました」

「ゆきなはるですかぁ」

前山さんが振り返る。行くも行かぬもなかった。第一、古屋敷村とはほろびゆく山村をまことに象徴しているではないか。人吉、市房山の中腹あたり、といえばよかろうか。

湖は、固い黒い藍色に沈んでいた。車を降り、ゆっくり、克明にぐるりの道をめぐり歩いた。

水面ひくく黄色いトンボが群れをなして飛んでいた。つくづくと覗いていると、斜面になっている元の山林がみえ、杉だか檜だかの穂先が水の底に並んでいる。さらに目を凝らすと、ぼんやりながら、小学校跡とも思える空地と、そばを通っている村道らしきものが、澱をかぶってぼんやり沈んでいた。棚田も見える。晴れ渡っているかに見える秋空に風が渡っているのは、ダム湖を囲んだ山々の木々がそよいでいるのでもわかる。

トンボを乗せては水の上に消えてゆく風は、どこから来て、どこまでゆくのだろう。たぶん、悠久の時の流れというものも、今ちらと、わたしたちの身のめぐりをかすめて通ったのだ。その風が水の底にあった村の「時」を運んで来たのかもしれない。

横に並んで底の方に見入っている桂子さんの横顔をわたしは眺めた。こういう佳人をも人里離れた草深い村は産んだのだ。そよりともしない水底の村。生きていれば稲がみのり、彼岸花が咲き、秋の祭りや小学校の運動会も今頃は用意されていただろうに。

わたしは湖底に向けて、しんから耳をすました。子供たちの走りまわる声や、村道を馬車のわだちの音が聞こえては来ないか。四人とも、ひしと水面の底をみつめて何かを聴いていた。ことに桂子さんは深い目つきになって頬が少しそげていた。このあと彼女も前山さんもどういうわけだか癌になったが、じつ幸いにもよくなった。

癌になったとわかった時、前山さんは山が哭くようにないた、と人づてに聞いた。若い友人に死なれなくてよかったと、しんから思う。

都市市民になってしまう物書きが多い中で、山野の気を失わぬ人もいるものだ。こんな友人のおかげで、わたしは今も、水に沈んだ古屋敷村から、幾多の便りを、受けとっている。

（二〇〇〇年六月一日）

舞い猫

猫がはいりこんで出てゆかない。

器量がいいとはとてもいえない。けた外れの甘え性である。突進して来て足にまつわり、つかまえて立ち上ってわたしの指をとって甘噛みする。振り払うと、万歳をするように両手を上げたまま、二本足でよたよた追っかけてきて、後ろにひっくり返るが、少しもめげない。仕事机に来ては正面に座り、じっと見つめ、眼鏡を両手でとりたがり、唇の真ん中に、冷たい鼻をくっつけにくる。ひょっとして、化け猫ではあるまいか。昔々、見たことのある顔である。そうだ、おまさ小母さんだ。おまさ小母さんといえば、踊り神さんといわれていたくらいだから、踊っていた姿しか想い浮かばない。

しなはつけていなかった。太い手足をぬっぬっと差し出して、愛想もなにもなかったが、たいそう真摯な目つきをして踊っていた。

寄り会いが一段落すみ、座が和んでくると、いやいや揉めてもつれ気味になると、おまさ小母さんが突然立ち上るのである。

「よし、ぐずぐずいうな、踊るぞ」

あ、おまさが踊る。もう今夜の寄り会いはこれでやめじゃ。そう思って、みんななぜだか、考えなくともよい気になるのであった。合わせて踊る人はそうは居なかった。形ばかり、沖縄のエイサーもどきに手を四、五へん振りあげてみせる者もいたけれども、おまさ小母さんが誰も見えない目つきになっているので、彼女の領域にはいってゆけない。それでも義理を果たした気持になるのか、一人やめ、二人やめして座るのだが、彼女はそれにはこだわらず、手ぶりをつけながら戸口の外へ出て、暗い麦畑のそばの道を帰ってゆくのだった。見送る者たちはくすくす笑うか、首をかしげるかしているのだが、

〽あいや　この世のうさばらし
　月の照る照る花道ぞ
　あしたもあると思うなえ

歌う声が遠ざかってゆくと、誰かが必ず肩をちょっとすくめる。

「踊り神さんじゃ、やっぱ」

そうじゃそうじゃという顔になるが、そのことに特別感心することもなかった。だからおまさ小母さんはみんなからちょっと外れていて、双方から苦にもならないのであった。小母さんはみんなの中にいたけれども、ふいに踊り出す以外は、意見などのべず、自分の神さまと一緒にいたのかもしれない。小太りで、とつとつと、何かを尋ねるような目つきの、ふつうとはちょっと変った様子で、声が不思議にやさしかった。

むかし、わたしの村にいたあの小母さんの鼻から目の感じに、せりこんで来たこの猫がどこやら似通っているのである。すっとぼけて大真面目な眸の色が。歳はいくつくらいか、小母さんと女童《めわらわ》が混在したような表情で、仕草はあきらかに子どもである。白勝ちの毛の中に鼠色の斑がはいっている。尻尾がたいそう長い。だいぶ仕事の邪魔になっている。居つかないように気をつけたつもりが逆効果になった。

最初、外からの鳴き声を耳にしたのが運のつきだった。流し台で洗い物をしていたら、迷い子の猫の哀切な声がした。この冬空に、誰が捨てに来たかと気になって耳を澄ました。思わず洗う手が止まった。するとそれまで、あてどもなく親を探していたような声であったのが、洗い物の音が止まるとたんに人の気配を感じたとみえて、強く訴えかける懸命な声に変わった。

つかまったら大へんとこちらも思うので、無視するふりをして流水を強くする。すると向うは勝手口の扉に馳けより爪をかけ、喉も破れんばかりとはああいう声だろうか、身も世もないように泣き立てるではないか。思わず、流水を止め、及び腰で勝手口に降りカギを開けようとするけれど、頭が混乱しているので簡単なはずのカギが外れない。

子猫は一瞬しんとしていたが、こちらが何をしようとしているかわかったらしい。急に低いやさしい甘え声でくんくんと鳴きながら、扉に躰をすりつけている。

ごくごく細めに開けたつもりだったが、一直線に飛びこんで来た勢いの素早かったこと。うんと小さい幼な猫と思っていたところ、かぼそい声にしては、大きめの、中猫であった。外からあんまり哀れに鳴き立てるものだから、ものおしみしているようで、ご近所の手前も恥ずかしいと思った。特別気前よくしたわけでもないが、

「一宿一飯のつもりでおいでよ」

と言って、カツブシご飯を出した。

これがたちまち平らげ、まだ足りないと催促されてしまった。鳴き声の愛らしさにいかれたのかもしれない。つい先頃、妹に、

「まっクロのよか猫の来たよ、もう可愛かも可愛か。連れてゆこか」

と言われたのを必死で断った。飼うのはいいが、大小便の始末やルスの時の心配、近所の

犬猫に噛まれやしないか、車に轢かれたらどうしようと思う。

実際、仕事場を構えてから二匹死なせて、あまりの悲しさに、二匹のことを小説の聖なる主人公に仕立てて癒しにしたくらいである。絶対々々猫は飼わない、と心にきめていた。

それが泣きつかれ、白いなめらかな毛の、鼻の黒いのに見上げられたとたん、神霊の雨ふる中を来た（じっさい小雨が降っていた）霊異なものの化身かと思ったのであった。

今日も今日とて電気屋さんがブレーカーの修繕に来て、まだ名も持たない猫を見て、

「おや、お前ちゃん、前からおったかいね、おお、毛の美しさ。どら、顔お見せ。うん、可愛かですねぇ、器量よしちゅうわけじゃなかが、愛嬌のありますな」

と言って下さった。なんとまあそれが嬉しくて、つい言ってしまった。

「あの餡パンも好きなんですよ」

「おおおお、主《ぬし》や餡パンば好いとるちや、うちのは、馬刺ば好いとって、人間な食いませんけど、猫に時々買うて帰ります」

電気屋さんはそう言ってお茶に出した餡パンの三分の一をさいて目を細めくわえさせられた。

「うちのはですね、二匹おりましてね、一匹は盲さんですもんね。盲になりましてからことに気をつけてまして、大切にしとります。いや、こっちが慰められとるもんですから」

この人の家の猫は感心で、畳とか、ふすまとか、柱ではけして爪磨《と》ぎしないそうである。今は市販の爪磨ぎがあって、またたびをしみこませた器具が売ってあるのだとか。

店を知らず、車もないというと、この次来る時、「買って参《さん》じます」と古風なことば使いでおっしゃった。

カツブシご飯からちりめんご飯、うどん、など、何でもよく食べる。寝床にはいって来たがるので段ボールに着古しを重ね、ホカホカカイロを入れて廊下に出す。三日ばかりはいやがっていたけれども、よく言い聞かせ、頭や背をなでて寝かしつけていたら、きょとんとした目つきになって、そこに寝るようになった。

大事な資料があちこちに積んである。粗相でもしたら大へんである。なるべく昼間外に出す。

わたしの「著作年譜」を作って下さっている先生が来ていわれた。

「猫はどうしとりますか。何だか、家の中がさんたんたる有様になって来ましたな。落着かんのは猫じゃなくて、あなたの方じゃありませんか」

どうなるかまだわからない。昨夜夢を見た。

中国古典に出て来る楽神の、「夔《き》」は木石の怪で、曰く「ああ予《われ》石を撃《う》ち石を拊《う》てば、百獣ことごとく舞う」という言がある。

おまき小母さんの猫が水俣の浜べで百獣どもを集め、じつに楽しげに舞わせる中、イルカもその渚に集まり妙音で歌っていた。

（二〇〇一年一月一日）

ヨダという犬

朝は猫にさしのぞかれ、みつめられながら目をさます。夜明け近くに睡るのでなかなか目が明かない。

それをじつに熱心にあきらめないで、工夫をこらして起すのである。猫から見下ろしたら、わたしはいったいどういう顔をしているのだろうか。猫だから書きもしゃべりもすまいが、人間にこういう至近距離から眺められたら、たまったものではない。

目を明けるとそれほど近々と、猫のミョンの、幼なさを残したいちずな双の眸があって、わたしの寝呆け顔がそこにさらされている。鼻に手をのばし、嗅いでみては首をかしげ、かじりつき、はては離れて突進して来て、自分の鼻をわたしの鼻につき当て、唇をなめにかかる。「きゃあ、バカ、何するう。こら」

悲鳴をあげてわたしは起きざるをえない。ちょっとした朝の騒動というか、儀式である。

なんと世話のやける人間かと自分のことを思う。

水俣のことがはじまる以前から低血圧型人間で、朝がいちばんユーウツだった。考えてみると猫がいてくれた時期はそれを忘れていられた。赤んぼにかまっていた時期は望外の幸せであったが、それも遠くに去った。この十年近く、外に出る度に、子猫いないかな、捨て猫はいないかなと、きょろきょろしながら歩いていたのである。

よそさまの門から可愛いい小さなのがぽおっとして出てくると、しばらく眺めていて、「ちょっと抱いてゆこうかな、誘拐罪になるだろうか」などと立ち止まることしばしばであった。あらためて思うけれども、日常、というのは一軒々々の、それぞれの朝夕をいう。それぞれの家で、朝はどういうふうにはじまるのか。

幸福も悲しみもすべて、家の中の絆のあり方によって、人の一生が定まってくる。親子、兄弟の絆だけでなく、田舎では、昔は牛馬との絆、犬猫との絆があった。もっと昔には「葛の葉」に見られるように、狐と人間とのただならぬ生死を考えさせられる婚姻譚さえあって、そのお芝居などが今でも好まれている。

あちらの国でも、落ちぶれたディウスと鯨、鯨とねずみの組み合わせや、白鯨と老漁師との因縁を素材とする話などがみられる。そして神話や民話が生まれるのは、もともとわたしたちのこの日常である。家々の営みの時間が、いまこの時、どのように営まれているだろうかと、わたしはミョンの眸を見返しながらいう。

「来てくれて、ありがとうね。けどお前や、いったいどこで生まれて、どう育ったの。そしてなぜ、ここに来たのよ」

ミョンは右に左に、首をかしげるが語らない。生まれてすぐに捨てられたのではなく、ある程度の躾はされていた。まず便所である。

来た時は、テレビの後ろの畳に大量に、尿、糞ともにやらかして大へんだった。庭土を箱に入れてやったが、湿り気があるためかダメで、猫のことなら通である妹夫婦や、友人の思想家にきいて、猫トイレ砂を知った。ウンコも尿も吸いとり、匂いをとり、固まる、というものである。試してみておどろいた。それをミョンは経験していたらしく、十キロ袋を買いに行って猫トイレに（これも売ってある）座らせてみると何の抵抗もみせず、長い時間戸外で遊んで来て、家に入るとまっさきにこのトイレに屈むのにはおどろいた。

考えてみると、あたりに広々とした耕地も草っ原もない。誰が考え出したかこの猫砂、さらさらとして、オシッコの団子、乾いたウンコの団子をとりのけた後はいかにも清潔そうで、かたわらで掃除を見ていて終わりと知るや飛びこんで、お腹を冷やそうとする。慌てて追い出すが、昔の猫は畠の葱坊主の影などで排泄する時、いかにも恥じらっているようで、その様子には風情があった。ミョンも畠の土を知らない分、あけっぴろげな様子で目を一点にすえ、お尻をあげてウンコをし、右と左の手で、うず高く熱心に砂をかけている。

犬には名犬というのがいて、昔わが家にも居たけれども、名猫というのは聞いたことがない。たぶん平均的に猫の頭脳は神秘であって、人間のはいりこめない領域をもっているようにおもう。この小さなのの仕草や行動様式がどうして朝夕気にかかるのか。姿が見えないと、遠くでイジメ猫に逢って、後ろ脚の先か鼻の先をかじりとられて、戻れなくなっているのではないか、などと心配になってくる。

人さまから見たらタダの猫にちがいないのだけれど、宅急便屋さんや燈油屋の小父さんが、わたしと一緒に玄関に走り出て、ちょこんと迎える姿を見て、

「あれ、猫のおるですなあ、おう、可愛さ」

などと振り返ってくれると、これがじつに嬉しいのである。

もの心ついた頃から家にずうっと猫がいた。直情径行で癇癪持ちの父だったが、小さな犬や猫がちょろちょろ足許にゆくと、たちまちとろけそうな目つきになった。怒髪天をつくように怒る男は、今時見ないが、その典型のようであった。

そんな男が、まだ目もちゃんと明けない幼猫を、まるで神仏からのあずかり物を扱うように掌の中に入れて、心配しながらついてくる母猫のところへ返してやる手つきが、今も思い浮かぶ。

この世は人間同士の諸関係で成り立っているけれども、それを和《なご》めて、なんとか破綻しないで来れたのに、わが家系では小さな生き物たちの存在があった。わたしの息子も今はもちろんオジンとなったが、人生の危機も人並みに幾度も経験して、その度に家族中、猫に助けられている感がある。

父は牛や馬をただならず尊敬していた。馬を飼うのが一生の希いであったが、かなえられず、かわりに牛や豚を飼った。馬は人間よりも賢いというのが持説で、少年の頃、心を通わせあっていた馬がいたそうだが、ハミ切りでカヤを切ろうとして、左のくすり指の先を切ってしまった。「指も馬に食わせた」といって指を見せる時、とても敬虔な顔つきになった。

母や下働きの小母さんたちに猫のことをいう時も、そんな顔つきでいったものである。

「猫ちゅうもんは腹いっぱい食べさせておきさえすれば、決して人さまの皿に手え出すもんではなか。猫にけちけちすれば、先の世はあのヨダ犬のごつなって生まれ替るぞ」

ヨダと呼ばれて町内をさまよっている老犬がいた。皮膚が疥癬にかかって、みるも哀れな姿であった。どこの家に近づいても疫病神のように追いはらわれて、わたしの家の石置き場の、つくりかけの石燈篭や、まだ目鼻のない地蔵さまの間にうずくまって、くうくう啼いていることがあった。

母が時々、何かやっていたようだったけれども、その日は蓮の葉っぱをひろげて、御仏飯を数個と里芋の煮染《にし》めや切り干し大根を乗せ、ぺちゃんとなっているヨダに近づいた。御仏飯は子供らにとっても神聖なご飯である。

ヨダはいつも悲しげな眸の色をしていたけれどもはっと母を見上げ、前かけに飛びつこうとして退いた。その拍子に御仏飯のいくつかが、石のこっぱの間にころげ落ちた。

「ほらもう、折角の御仏飯ば落して。いただきなはる。ナマンダブちゅうていただきなはるよ、疥癬のなおるごつ。うちで養うわけにゃいかんもんねえ、子供たちにうつったら、おおごとじゃし」

ヨダは一瞬また母を見上げたが、せわしなく石のこっぱの間に鼻をつっこんでいる。

「ナマンダブじゃ、きかんかもねえ」

母が溜息をつくのを石切り職人たちが気の毒そうに眺め、御仏飯のかたまりを拾っては老いた犬の口に近づけるのだった。

「こら、なめるな！　俺が掌が」

ヨダが母に跳びつこうとして遠慮した景色を思い出せば今も切ない。たぶん法事の日の夕暮れであったと思う。職人さんたちも、法事の日の着物で、煙草をやっていた。

（二〇〇一年四月一日）

ところの顔

つい最近友人から聞いたことである。

江戸の末期ごろ、熊本は緑川の河口、川尻という町を通った六部さんがいたそうだ。名前はたしかトウスイとおっしゃったが、どんな字をあてるのだかも一度聞き直さねばならないが、気をひかれたのは、その六部さんが書き残したという狐の話である。

緑川の河口にはかねてたいそう心ひかれていて、友人の車で時々連れていってもらう。ゆったりした流れになって潮が出はいりし、両岸ともあんまり家が立てこんでいない。なによりも葦がよく茂って、あちこちこんもりとやわらかく川岸が形づくられ、葦の中からゆったりと小舟が出てくることがある。

近頃では小舟といえども船外機なるものをつけて、けたたましく走りまわるが、桿をさして、葦をかきわけながら舳を出してくる小舟に逢うと、こちらまでが情緒的な、しっとりした気分になる。

さてその六部とは男の巡礼のことだが、この川岸のあたりを通ったらしい。大きな寺があったというが、そのあたりの観音堂を見つけて泊まることにした。夜中にふと目覚めると何かの気配に囲まれている。目をこらすと、それは狐たちで、寝ている旅人をのぞきこんで、しげしげ観察していた、というのであった。

六部さんは思った。ああそうか、たぶんこの観音堂は、ふだん狐たちの泊まるところであろうに、今夜は自分が借りているのである。しかし今さら出てゆくあてもないから一緒に寝ようではないか、と思ったのかどうか、扉を開けた。すると狐たちはさっと居なくなって、寄りつかない。しばらく待って扉をしめ、睡ろうとすると、またひしひしと集ってきて、さし覗いている気配で、何べんかそれをくり返したそうである。よっぽどたくさんの狐たちだったらしい。

河口の葦むらや篠竹を眺め、川塘に残る草深い祠を見ていると、今でも狐たちが寄って来そうな雰囲気が残っている。

観音堂はむかし、村に定住できない人たちの仮の宿であった。わたしの母もよく話していたけれど、天草の母の生まれ里でも、竹の笊を作る一家が、ふた月ばかりお堂の下で笊を編んだり煮炊きをしたりして暮し、いずこへともなく移ってゆくが、次の年にも来て、村の人ともなじんでいたそうである。

わたしの幼時にも水俣川の川口の観音堂にお遍路さんなどが泊まっているのをよく見かけた。思い出してみると観音堂は高床式に出来ていて、たぶん夏ならば風通しのよい床下に、冬ならば扉のある床上に泊めてもらっていたのではないか。そしてここを宿にしていた者は人間ばかりではなかったろう。

六部さんをしげしげ観察していたという狐たちは、どういう気持ちで集ってきて、何を囁き交わし、どういう後話《あとばなし》になったろうか。

狐の側から見た人間、それも土地の人ではなくて、よそから来た人間は、よっぽど珍しかったと思われる。化けて見せるでもなく、ただひたすら眺め、あるいは研究することに徹したようである。狐たちの間で後々の記憶に残り、話が賑わったことと思う。

曾々《ひいひい》お婆ちゃんの代にはあそこのお堂でこういうことがあったそうだなどという伝承が、狐たちの間でありそうな気がするけれども、こうも狐自体が減ってしまっては、彼らの本能の中にすりこまれたろう新鮮な記憶も、その滅びと共になくなったかもしれない。

人間界にも同じことはどんどん起きて、有明海のアサリやノリの急激な死滅は、海岸線で育ってきた身には、容易ならぬ事態が進行しているように直感される。ことはここ五十年ばかりの間に、海山の景色が変貌したことからはじまった。人々の海山や川に対する考え方が、なんとも無神経になってきてさらに事態はどっと悪化した。

本誌が発刊されている出水地方には、広瀬川なるゆたかな川があって、「鮎びらき」の日には、祭のような賑わいになるのだと、岡田哲也さんから伺ったことがある。わたしの育ったまわりでも「海好き」「山好き」「川好き」と自称し、好きな場所へ出かけるのを人生至上のたのしみとしている人々がいる。

まわりにもそのことはよく知られ広瀬川ぞいでは「鮎びらき」にそなえて、いそいそ、うきうき準備をしている人々を見ると、ははあ、近うなったなと目が細まるわけだろうが、とれたばかりの鮎を川原で焼いて野宴がくりひろげられるのだそうである。こういうことが人生にあるのとないのとでは、その人の徳性、いやいや、幸、不幸がきまるのではあるまいか。

人生といえばそれぞれ難しいが、生きている間のどこかの時期に、お日様の恵みのような日が訪れて、それゆことばかり海に出たり、獲れた魚などを山の神さまへのお土産に持って行ったりすれば、焼酎も呑めたりする。

わたしの村でも、戦後しばらくの頃まで、秋葉山という山の神さまのお掃除の公役があって、それが済んだらおコゼを供えてお祭りになった。

酔いがまわるほどに隣の小父さんなどは、「三年が浦」の狐に、祭土産の重箱の中味をとられた話をした。三年が浦というのは、水俣の町から水俣病地域にはいってゆく入り口で、百間港という浦を抱えていたところだけれども、今そこら一帯は埋立てられて、昔の浦の面影はまったく無くなった。もちろん底には水銀がたまっており、三年が浦の狐の末孫も絶えたと思われる。

ご馳走を取られる前には、必ず「よかおなご」が月光の下に現われて、後ろを振り向き、おいでおいでをするのだそうだ。

「もうああた、しこてこご馳走にゃなっとるし、大園《うぞん》の塘《とも》の妓《おなご》にもおらんような、よか匂いのするおなごの、ひょいと振りかえっちゃあ、手招きしてみせるもんですけん、狐かもと、心じゃ想い想い、ああいう時はふらふら曳っぱられてゆくとですもんなあ」

小父さんの話は真にせまっていて、作り話かもと皆、思いながら、ほうほうと、感心して聴くのであった。そういう話がなければ、三年が浦というのは古い松の枝の登り坂にさし出た、ちょっとうす気味の悪いところだったが、もちろん松も伐られて、地名のいわれもわからない。

「昔は狐のなんのは珍しゅうはなかったですよ。ここの猿郷（わたしのいる地名）にも巣穴構えて、お宅の裏にはうじゃうじゃ出たりはいったりしよりましたよ。

川向うの船津の洲にも船津狐がおったし、大回《うまわ》りの塘一帯ばゆききしよりましたな。チッソの裏山の、しゅり神山にも、しゅり神狐がおって、これは塩田一帯ばその、わが領分にしとった。山手の方の、鉄道の沿線にも、それぞれ顔のちがうのがおって、団体組んで、行き来しよったが、わし共にゃ、見分けのつきよりましたよ、どこの狐か。

人間の顔にもほら、ところの顔のありますじゃろうが。茂道の顔、船津の顔、わしどもがように、千鳥洲の顔ちゅうように。で、狐にもところの顔や姿のありよったです。猿郷狐はですな、小柄ですから、大回りあたりに遊びに往っておるのを見かけても、ああ、猿郷から来とるな、ち、すぐわかりよりましたよ。

あれたちにもその、人間と同じごとくにですな、往き来のありましてですね。わしも往た先で狐たちに逢えば、まず姿形《すがたかたち》みて、顔みて、ほう、これはどこから来とるなち思いよりましたですよ。今のほら、野犬どもが群れつくって往たり来たりするごとく、いんや、あれよりうんとおって、逢うても特別のことはなかったですよ。あれ、今日はどこゆきかい、ちゅうような気分で、目え見合わせてですね。往還道にゃ出て来ません。塘道で。

祭のご馳走貰うてゆく時ゃ、サービスしますもんね、よかおなごになってみせて」

（二〇〇一年七月一日）

魂の灯りをつないで——あとがきにかえて

稲穂の垂れそめた脇に彼岸花が点々と綴れる風景。

やれやれ秋が来るかと思う間もなく、画面いっぱいに崩壊し、くすぼり続けるニューヨーク世界貿易センターのおどろくべき残骸。報復、戦争、報復、戦争という言葉がこれでもかこれでもかとテレビでくり返される。アフガニスタンに進攻して四年間指揮していたという旧ソ連の将軍が言っていた。

「あそこに行った兵士たちは、生きては帰れぬ恐ろしい所だったと、今でも思っている。なにしろイスラム教徒は、死ねばアラーに引き取ってもらえると思い込んで戦うから」

ビル二つ分で六千三百人の行方不明者。この人々がすでに死者であろうことは皆、思っているのだろうが、ボランティアで掘り出しに来た中年の男性が、手にした瓦礫を見つめながら呟やいたのだ。

「彼らは（消防士たちは）、人びとを救いにかけつけて、働いていたのです。今もまだ、働いているのです。（この瓦礫の下で）だから早くここから出してやって、替ってやらなくちゃ」

胸がふさがった。瓦礫の下になった人々に、死の意識が宿るいとまがあったかどうか。人を助けに火焔の下に飛び込んだときの勢いそのまま、自分が死んだことも知らずにまだ働いているというのだ。早く交替してやらねばと、壮年にさしかかったような労働者風のアメリカ男性は言った。人を念ふ一心にあふれた表情であった。

またあるトラックの運転手は、ふだんゴミ清掃の仕事をしていて、無口で無表情な男だそうだ。黒人系の女性が報告していたのだが、この度の瓦礫を運搬するようになってから表情が変わってきて、断片的ながら呻くようにものを言うようになった。でこぼこの厚い地面がゆるゆるとひき裂けてゆくような表情と声でこの運転手がいう。

「人の肉片と言うことがわからずに、瓦礫と思って積んでしまったりするんだ。それを捨てにゆく。消防車もそのまんまクズというか霊柩車になって出てくる。それを運ぶ。持って行った先でまた山になる。瓦礫といっても熱いんですよ」

充分に埃をかぶったひしゃげた消防車が画面に出てくる。どれもこれもショッキングな画面から、焼け跡の広島、いや燃えている広島、あるいは十万人の死者だったといわれる東京大空襲をダブらせて考えずにはいられない。テロと戦争はちがうというけれど、戦争なら民衆を殺してもよいのだろうか。日本人の意識下に埋められている五十年前の残虐行為。それにしても極限状況での、無力なはずの一人々々は、胸うつ行動をするものだ。死にゆく者と生き残る者との間にある魂の切ない交流の情景は、人種を異にしていても、一縷ののぞみである。

　自分が死んだことすら知らずに、生きていた間の本分を死後も遂行しているのだと、残された者が思う。そのことによってまた、残された者は死者の分までより深く生きることになる。きわめて如実な、厚味のある輪廻の世界が、アメリカ人の中にあることをまじまじと見て、たくさんのことをわたしは考えた。思えばわたしたちとて、死者と共に生きていることに変りはない。情況はまったくちがうけれども、水俣の患者たちは家族ぐるみ、村ぐるみで罹病していたし、地域社会とは孤立している人々が多かった。従って患者たちは死に逝く者も、後に残ってやがて逝く者も、なるべく冥途の道がべつべつにならぬように、互いの魂のありかをたしかめたしかめしているようである。

　ある老婆は手足も曲がり目も見えなくなった孫に言い聞かせていた。

「わたしが先に逝けば、お前が来る時ゃ、すぐもう、三途の渡しのすぐそこに待っておって、手え引いてやろうばって、お前が先に逝くことになりでもすれば、ことじゃがまあ。そん時は、そん時はほら、三光鳥ちゅう鳥の声、いつか教えたろうが。お月さんとお日さんと、お星さんに向いて啼く鳥の声。お日さんの沈ます時にゃ西むいてこうこう啼く。今夜は睡ろうぞというて啼く。そん時はな、もう這うてはゆくな。お星さんの光らす時には、ちりりんちりりん鈴のごつ啼く。よくよく聴いて、肘でちっとずつ声のする方に這うてゆこうぞ。おまや、耳はちっとは聴こゆっど。よかか、婆やんなあの世でも、この世でも、おまいのひと足、ひと足、手のひと振り、ひと振り、いつも加勢しよっとぞ、力落とすな」

前世も未来も、人はみな魂の灯りを連ねて、ゆき来して来たのだと今更ながら想う。

＊

さて本誌は今号かぎりで終刊になるという。わたしの心の旅であった「水の径」は、こちらの岸辺から彼岸にもつながり、その深部では現世の山々を養い、わだつみの大洋をくぐって、外《と》つ国の人々の血脈の中にも生きているようである。

おもい起こせば、発刊の時からたいそうお世話になった。にわとりと卵の農協です、と岡田哲也さんからお誘いがあった。東大全共闘の落ち武者が薩摩に潜んで、南国の薫りを東都に向って送るのか、新鮮だなあ、とわたしは期待した。

落ちついた風土の光と声。中でも地元の方々のペンと写真はずばぬけて力づよく美しく、生活がかもす詩情にあふれていた。卵もトリも、たんなる商品ではなく、それを育む人びとの腕のきめとか息づかいによって送り出されるたまものに見え、東京方面の出版社の人びとから、「『Q』というのは斬新な雑誌ですねえ。広告誌という顔をしてないのが、にくいですよ」といわれると、まるで自分の郷里がサツマであるかのような気分になり自慢するようになっていた。

つい最近ご逝去を知ったばかりだが、出水の西照寺の速水和尚さまがおっしゃったことがある。「いやあ、あれでもはじめの頃はですね、全身、針ねずみのような感じでして、人を近づけんような雰囲気でしたけれど、こん頃はだいぶ、やわらしゅうなりましてね、いや、じつに得がたい逸材です」

やさしいひらけたお人柄だった。目を細めておられた温顔がなつかしく、もうおられないと思うとまことにさびしい。

食べごしらえの頁を与えて下さった頃、若い可愛いらしい「さつまおごじょ」たちが入れかわり来て、手のおそいわたしを手伝って下さった。彼女たちはもうお嫁にゆき、お母さんになっただろうか。彼女たちを見ていてこの農協が、若いまぶしい力を用いて、活路をひらきつつあるなという感じをつよく持った。

何よりも薩摩ことばが好きである。東京のジャーナリストことばを聞きなれた耳に、『Q』の周辺にいた南日本新聞の人たちの「もしもし、石牟礼さんですかあ」とやさしい語尾で話しかけられると心がとろりとなったものである。

近代日本が風土の陰影を失い、競争原理だけでしのぎをけずるようになって、なんととげとげしいだけの世の中になったことだろう。『Q』という農協の機関紙は、そんな忙しい列島の南の端っこから都の心ある人々に、馥郁たる心のうるおいを届けて来たのだった。

今どき珍しいその志や永遠なれ。

岡田哲也さん、スタッフの皆さん。

ほんとうにご苦労さまでございました。末尾ながらご愛読下さいました皆さまに深謝いたします。

（二〇〇一年十月一日）

＊本書は、マルイグループ広報誌『Q』二〇号（一九九三年四月一日刊）～六六号（二〇〇一年十月一日刊）に四十七回にわたり連載された「ここすぎて 水の径」をまとめたものです。

＊本書掲載のエッセイのうち、「春の雪」「おけらは水の祭」「炎のまわり」「丘の上の麦畑」「水門」「独楽」「船のまぼろし」の七編は『蟬和郎』（葦書房、一九九六年）に、「故郷」「お堂の縁の下で」「産湯の記憶」「境川」「蛙と蟻と」「露におもう」の六編は『煤の中のマリア――島原・椎葉・不知火紀行』（平凡社、二〇〇一年）に収録されています。また、「地の底の青い川」「船のまぼろし」「草摘み」「片身の魚」「西表ヤマネコ」「もとの渚に潮が戻りたがる」「石の中の蓮」の七編は『石牟礼道子全集――不知火』（全十七巻・別巻一（藤原書店、二〇一四年完結）に収録されていません。

（弦書房編集部）

著者略歴

石牟礼道子（いしむれ・みちこ）

一九二七年、熊本県天草郡（現天草市）生まれ。

一九六九年、『苦海浄土――わが水俣病』（講談社）の刊行により注目される。

一九七三年、季刊誌「暗河」を渡辺京二、松浦豊敏らと創刊。マグサイサイ賞受賞。

一九九三年、『十六夜橋』（径書房）で紫式部賞受賞。

一九九六年、第一回水俣・東京展で、緒方正人が回航した打瀬船日月丸を舞台とした「出魂儀」が感動を呼んだ。

二〇〇一年、朝日賞受賞。

二〇〇三年、『はにかみの国 石牟礼道子全詩集』（石風社）で芸術選奨文部科学大臣賞受賞。

二〇一四年、『石牟礼道子全集』全十七巻・別巻一（藤原書店）が完結。

ここすぎて 水《みず》の径《みち》

二〇一五年十一月五日発行

著　者　石牟礼道子
発行者　小野静男
発行所　株式会社 弦書房
〒810-0041
福岡市中央区大名二―二―四三
ELK大名ビル三〇一
電　話　〇九二・七二六・九八八五
FAX　〇九二・七二六・九八八六

印刷・製本　シナノ書籍印刷株式会社

ISBN978-4-86329-126-3 C0095

◆弦書房の本

もうひとつのこの世
石牟礼道子の宇宙

渡辺京二 〈石牟礼文学〉の特異な独創性が渡辺京二によって発見されて半世紀。互いに触発される日々の中から生まれた〈石牟礼道子論〉を集成。石牟礼文学の豊かさときわだつ特異性を著者独自の視点から明快に解きあかす。〈四六判・232頁〉 **2200円**

花いちもんめ

石牟礼道子 ふるさともとめて花いちもんめ 簞笥長持 あの子がほしい この子がほしい――幼年期、少女期の回想から鮮やかに蘇る昭和の風景と人々。独特の世界を紡ぎ続ける著者久々のエッセイ集。〈四六判・216頁〉 **1800円**

対談 ヤポネシアの海辺から

島尾ミホ＋石牟礼道子 ユニークな作品を生み出す海辺育ちの二人が、消えてしまった島や海浜の習俗の豊かさ、南島歌謡の息づく島々と海辺の世界を縦横に語りあい、島尾敏雄の代表作『死の棘』の創作の秘密をも明かす。〈四六判・216頁〉 **【2刷】** **1800円**

石牟礼道子の世界

岩岡中正編 名作誕生の秘密、水俣病闘争との関わり、特異な文体……時に異端と呼ばれ、あるいは長く文壇から無視されてきた「石牟礼文学」。渡辺京二、伊藤比呂美ら10氏が石牟礼ワールドを「読み」「解き」解説する多角的文芸批評・作家論。〈四六判・264頁〉 **2200円**

天草一〇〇景

小林健浩 **【決定版・天草写真図鑑】** 歴史、暮らし、自然など独自の文化を育んできた美しき島・天草。一六年におよぶ撮影の中から厳選した一四〇の景観を魅力の写真三七〇点でご案内。〈A5判・284頁〉 **【2刷】** **2095円**

＊表示価格は税別